少年愛宣言

令和にかがやく天使たち

日原雄一 編

幻戯書房

目次

装画・挿画　雨依はると
装丁　幻戯書房

少年愛宣言

――令和にかがやく天使たち――

まえがき

ホントにくるしめられている。某ジャニーズ事務所のジャニー喜多川氏が、アイドル志望の青少年たちをフェラしたと、イギリスのＢＢＣに報じられてから瞬く間に事態は急転直下して、事務所も名前を変えることになった。

みんな知ってたことなのに。

みんな知ってたことなのに、ジャニーさんが強大な芸能事務所のトップという権力者だったから、見て見ぬふりをされていた。中曽根康弘はジャニーさんから美青年・美少年を斡旋されていたという話だが、これも中曽根大勲位だから見て見ぬふりだった。もっとおっきな権力のＢＢＣが来たらこのざまだ。

ウリセン・ゲイ風俗に行けば、いくらも、そうした美少年は集っているのに。ジャニーさんも中曽根大勲位も、事務所タレントの未成年児童たちとそうしたという。このへん、『噂の眞相』以下の情報精度で書いてますが。

少年愛。プラトンの『饗宴』をもちだすまでもなく、それは至高のものである。サイコーなものである。朝、満員電車に揺られたり、寒風吹きすさぶなか、高校や中学の制服を着た少年が通りかかると、それだけでおもわず背筋が伸びる。チラリ、とだけ見て、癒しを貰えたりする。ありがたいものなのです。若き血潮の勢い、ためいきに、美がないわけがない。可愛くないわけがない。「可愛い」とは「愛す可き」と書く。現にいまも、成人未満の少年をモデルとしたBLコミックは数々刊行されている。大手を振ってドラマ化されている。稲垣足穂は「少年の美は夏の一日である」と書いた。夏の一日の、花火のような一瞬の美が、永遠にも似た衝撃をわれらにもたらしてくれる。旧ジャニーズ、エビダン事務所などの少年たちのすがたは、それが一瞬でないことを証明してくれる。神木隆之介、八田拳さんなどの何十年もその美をたもっておられる存在は、それだけで夏の一日が、物理的には何十年間であることを証明してくれている。

過去、稲垣足穂『少年愛の美学』そのまんまのタイトルで、松文館から十八禁コミックのコミックアンソロジーシリーズがでていた。もう十年もまえになりますか。国書刊行会ででた大冊のアンソロジー『書物の王国』では、第八巻が『美少年』だった。編集は須永朝彦先生。須永先生とは晩年にいくらかお手紙のやりとりをさせていただき、私なんぞの文章を褒めていただいたこともあった。ペヨトル工房から出た須永先生の『世紀末少年誌』やBLコミックを、こんなばかな世間知らずの若者にお送りもくださっていた。

つい先年か。高原英理による『少年愛文学選』も、平凡社ライブラリーから刊行されて、折口信夫の『口ぶえ』や、倉田啓明の『稚児殺し』まで収録されている。

本書は、それらの名アンソロジーから洩れた、けれどももちろん至高の甘さ、陶酔を提供してくれる少年愛・BL作品を収録したい、という私のとっぴょうしもないタワゴトから生まれたものだ。今回のために書いてもらった作品もあれば、永く埋もれていた名作もある。成人を越えて、自らその美、可愛さを発信してくれる「合法ショタ」な八田拳・みこいすさんの写真を、数多く収録できたこともうれしい。

巻頭のタワゴトはこのくらいにして、まずはその八田拳・みこいすさんの『みこい暮らし』からご覧いただきたい。ホントちょー美少年ですよ。

みこい暮らし

-mikoiss life-

撮影　イト

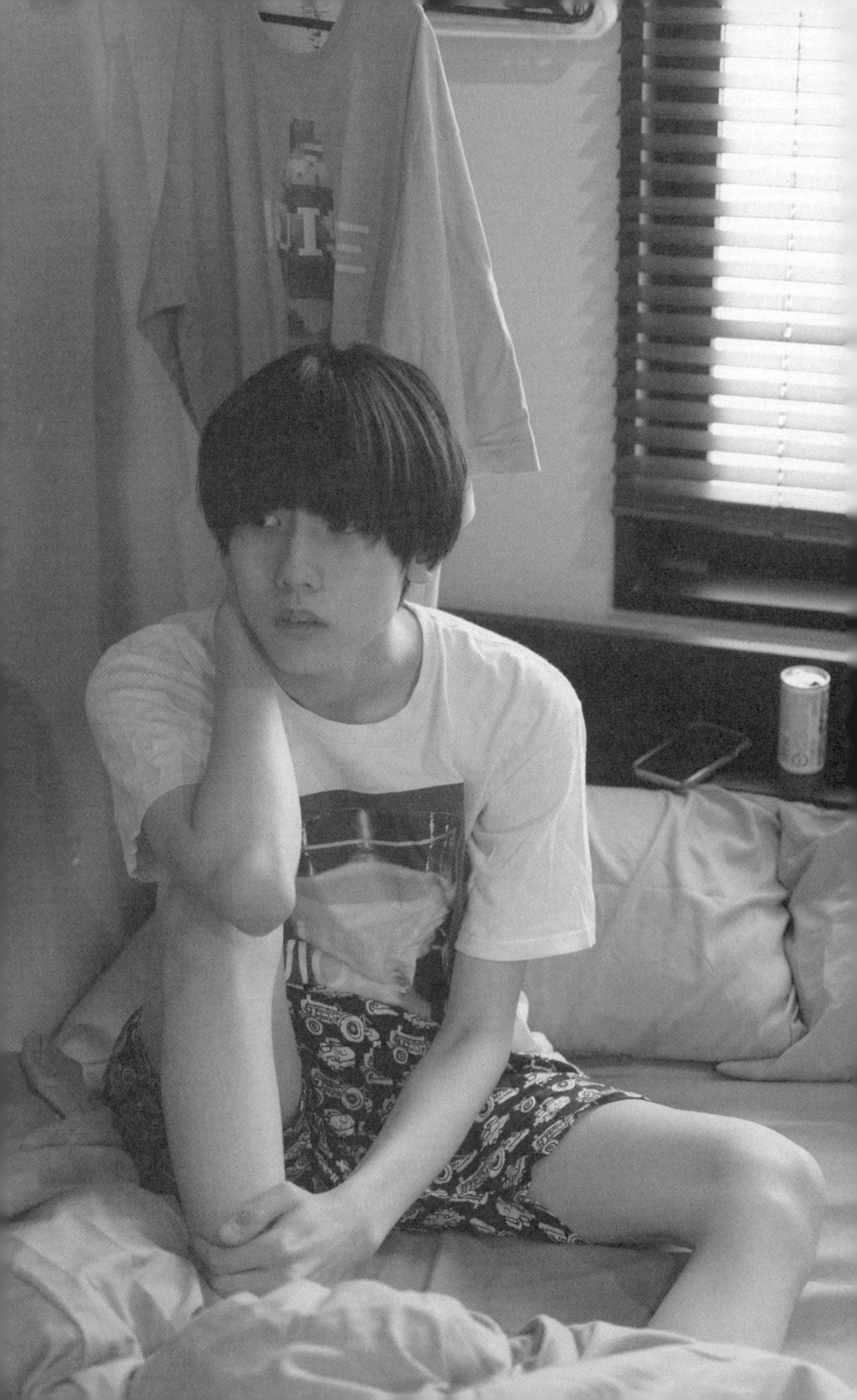

BOSS

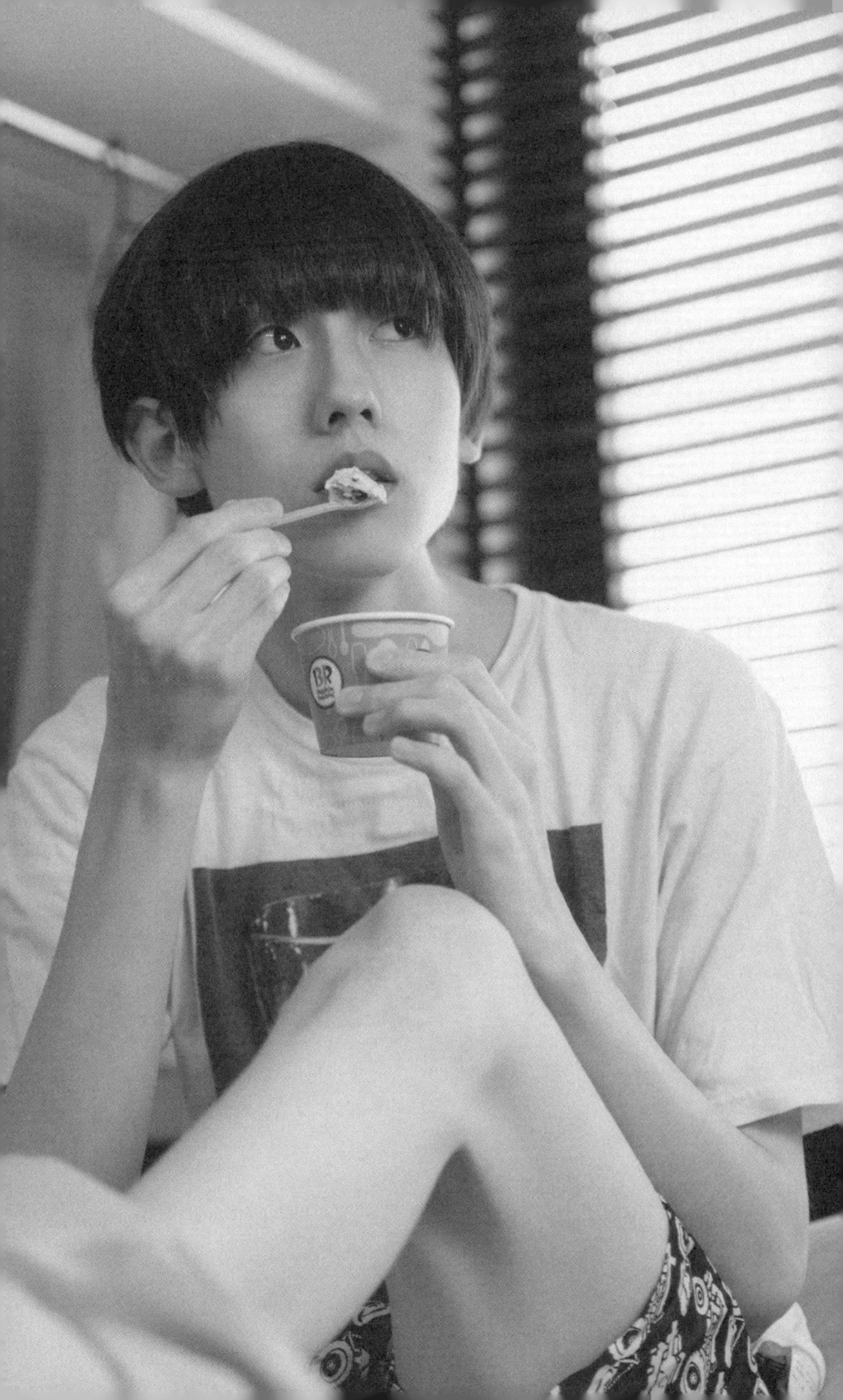

FRED

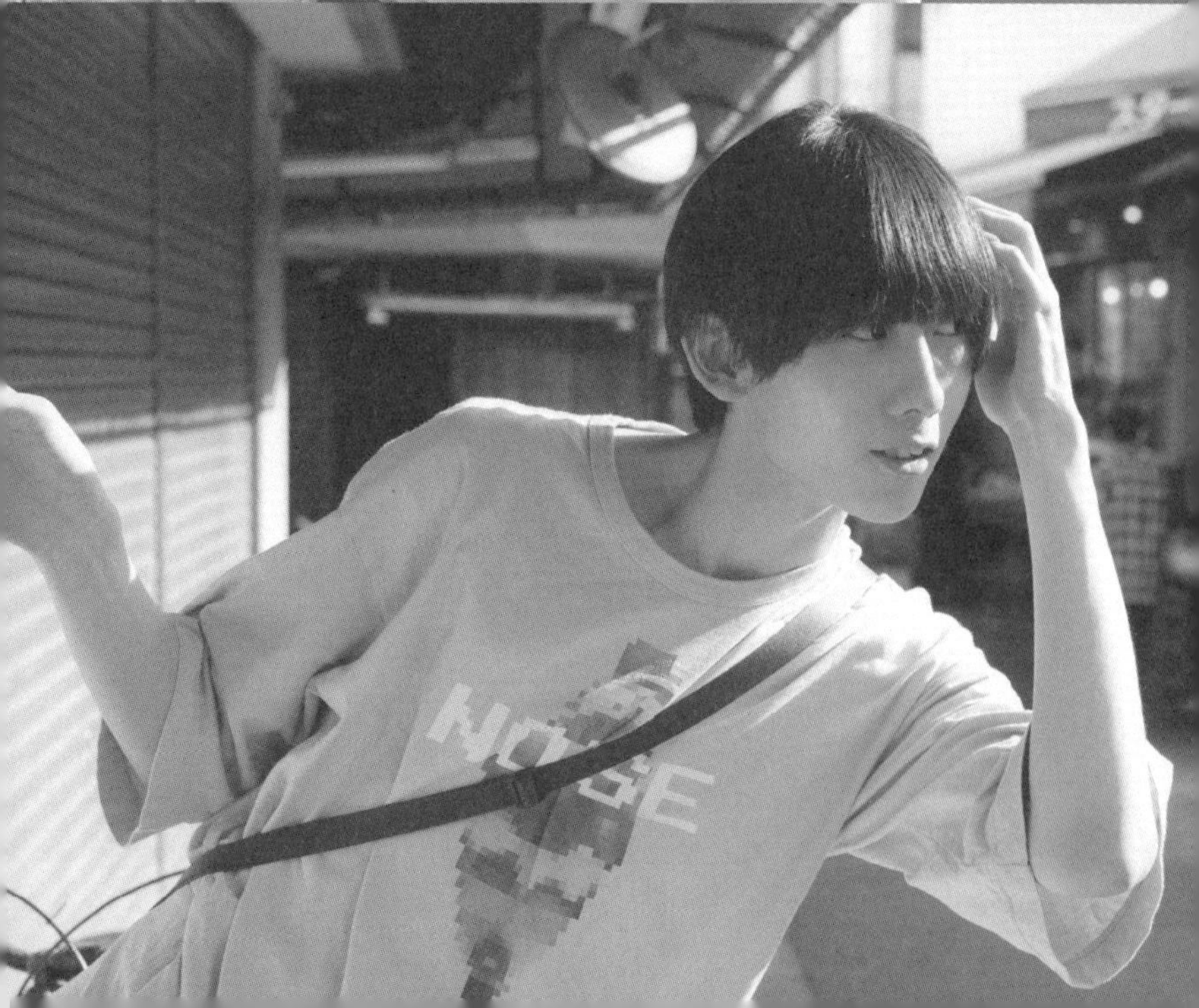

あとがき

どうもです。みこいすです。

今回は、「20代男子のおうち時間を覗いてみたら、
そして、一緒に暮らしてみたら」をテーマに
カメラマンのイトくんに撮影をして戴きました。

前々から、いろいろな写真を撮っていただいていたのですが、
シチュエーションっぽい写真を撮ってもらうことはなく、
一冊にまとめるのも初めてだったので、
だいぶお恥ずかしい限りで、緊張しています。

僕は基本的に、ぼっちで
こんな感じのおうち時間を送っています。
みんなが一緒に暮らしている気持ちになれたら
そして、僕の暮らしを覗いて面白い気持ちになってくれたら、
大変嬉しいです。

最後に、お手にとっていただいた方、ありがとうございます！

みこいす

八田拳（みこいす）インタビュー

令和4年11月、自由が丘にて
（左：編者　右：八田拳［みこいす］さん）

二〇二〇年は死にたい年だった。今もそこそこだがそれは措いて。コロナ禍一年め、みんなつらい思いをかかえているなかで、私を救ってくれたのが八田拳（みこいす）さんのYouTubeの動画『みんなの愚痴、聞かせて!!!!!』だった。超絶美少年が、優しくおだやかな声と口調で、視聴者から寄せられた愚痴にひとつひとつ向き合ってこたえていく。

なんだこの神の子は、とおもった。みこいすさんは「踊ってみた」動画もたくさんアップされていて、その作品も芸術的ですさまじい強烈な迫力があった。みこいすさんの「踊ってみた」は、土方巽や田中泯の舞踏に匹敵すると、過言かもしれないが言ってしまおう。もう、いっぺんにファンになってしまった私でした。

きつい通勤環境のなかでも、みこいすさんのそうした一連の「メンタルクリニック動画」のおかげで、私はコロナ禍一年めを死なず乗り切れた。みこいすさんは本名の「八田拳」さんとして俳優としてもご活躍されていて、映画『そして、バトンは渡された』、ドラマ『美しい彼』などの話題作にも出演している。美しい彼ってまさに君だよと、これはずっと思ってるし当人にも言いましたが。「心が壊れてしまいそうな時、強く可愛く生きる魔法をかける服」をコンセプトに、『shabondama』というファッションブランドを立ち上げて、定期的に踊ってみた×ファッションショーのイベントも開催されている。今回の特集〔本文末尾参照〕がこんなふうなのを言い訳に、そうした八田拳（みこいす）さんに話を聴きに行ってみた。（日原）

――まずは『shabondama 2023SS ceremony』のご成功、おめでとうございます。

◉ありがとうございます。これまでは新作と、以前つくった洋服を着てもらっていたんですけど、今回の衣装はみんな新作のもので。踊り手さんの曲も、元気を与えられるような、自分が偶像として輝けるような曲を踊ってくださいました。わたちゃんは『あくあ色パレット』っていう、「自分が活躍できるのは、応援してくれるみんながいるからだよー」っていう曲を、shabondama の新作を着て踊ってくれてたのが、僕自身もそういう気持ちでいろいろな活動をしている面があるので印象に残っていますね。

——どの服も本当に綺麗で可愛くて、その服を着ることでみんなのことを輝かせてくれる素敵な作品ばかりでした。shabondamaのHPでは、アイドルの西井万理那さんがトップページに上がっていますが、西井さんはそうした意味で、shabondamaの服を召された姿はとても美しく感じました。

⊙どんなかたでも悩んだり、落ち込んだりすることはある、と思っていて。西井さんは、ふだん元気でつねに笑顔でみんなを盛り上げてくれる面もありつつ、プライベートではもちろんいろいろ考えていらっしゃるかたなので、自分的には儚くもあり美しくもあると考えています。

——みこいすさんはこれまでの動画作品、『リアル引きこもり俳優、外出します。』や『僕がぼっちで陰キャたる由縁。』であったり、表現者としてご自身の苦手と

するところ、過去のつらいご体験についても語られていて、僕自身はそれがみこいすさんの動画の、ものすごく魅力的な部分に思っていました。

⊙中学一年くらいのころ、自分もつらい体験をした時期があって。好きだった声優さんにも、同じようなことがあったんだけど頑張ってるよ今、っていう記事を読んで、めちゃめちゃ勇気を貰えました。

その時代はそれこそ、学校に行かなかったら未来が閉ざされてしまうと思っていたので、「昔の自分を救いたい」っていう一心で、表現者として活動していきたいです。大それたこと言っちゃってますけど（笑）。

——あのころのご自身に、声をかけるとしたら、どんなことをお話になりたいでしょうか。

⊙「焦らないで」って言いたいですね。昔から僕、現状を変えないと、っていうぼんやりとした不安があって。でも動けなかった自分がいて、今もそういう時はあるんですけど、自信を持って、って言いたいんですよね。

昔恐れていたことって、「このまま自分が何もできないまま死んでしまうんだろうなあ」って、自分のことをどんどん嫌いになる時間が多くて。それを見ないようにしてくれたのが多くのコンテンツだったので。自分自身から目をそらして、見ないようにしていく時期でも学びを得られたし、焦らないで、自分のしたいことをする時間にしてほしいなあ、本当に今は何もしないでいいよーって言いたいですね。

——以前のみこいすさんの動画コンテンツ、『100の質問』では、恋愛をしたことがあるか、って問いがありましたが、どう答えたか覚えていらっしゃいますか（笑）。

⦿え、したことはある、って答えたとは思うんですけど（笑）。「ある、しんどいかも」みたいな（笑）。

——まさにその通りですね（笑）。「あるよ、つらいよね」って、あっけらかんとすっごく明るい調子で語っていただいていたのが、本当に恋愛ってそのとおりのものだなあと印象

に残っていて。
⦿僕は自分に自信がないので……。その人を追っかければ追っかけるほど、自分の長所だった部分がなくなっていくと思うんですよ。ひとの心ってわからないじゃないですか。なのにわかろうとしたり、お互いの気持ちを確かめるために駆け引きしたり。それは、恋愛をしないと得られないつらさで、ふ

つうに恋愛をできているみんながすごいな、って。まずは自分のことを好きになることから始めよう、と思っています。

――「自分自身のことを好きになること」はいま現在、できていますか。

⦿あ、それこそ今回『shabondama 2023SS ceremony』を制作するなかで、「自分の嫌いなところを好きになる必要はなくて、嫌なところも見つめて、それも自分であるっていうことを納得することが大事」っていうことをメッセージとしてすごく伝えたくて。そのことをまずは自分自身でできるようになろう、と思っています。

――僕は精神科医として朝、ああ今日も職場に行かなきゃ嫌だなあ、というなかで、みこいすさんの「メンタルクリニック」動画にすごく毎日救われているんです。視聴者さんの悩み投稿に、推しのみこいすさんが「わかるー」って共感いただくことが、愚痴を寄せた視聴者さんにとっても、同じような悩みをかかえていらっしゃるかたにも、とても救いになっていると思います。そうしたなかで、みこいすさんの多彩な活動、「メンタルクリニック」動画だったりは、他の踊ってみた動画に比べて視聴数が「もっと伸びろ!」って感じていて。ああした動画を必要とされているかたはもっともっと多くいるはずなので。NHKあたりが放送しろよって思っています。みこいすさん・八田拳さんは俳優としてもご活躍されるなかで、話題作のドラマ『美しい彼』ではクラスメイト役として、その「美しい

彼」である八木勇征さん、荻原利久さんとご共演されていましたが、そのなかでのご印象をうかがえたら。

⦿八木さんは本当に容姿端麗で、色々な方にすごく丁寧な対応をされている方だな……！　という印象があります。荻原さんは席が近いシーンが多くて、スタッフさんともすごく仲良くお話しされていて、大変和やかな雰囲気、撮影が進んでいました。

――僕は「美しいのは君だ！」ってめちゃめちゃ思ってるんですけど（笑）。アニメなどの作品では美しかったり可愛かったり、「推し」のキャラはいらっしゃいますか。

⦿僕の趣味嗜好になっちゃうんですけど、『ローゼンメイデン』に雪華綺晶っていうキャラクターがいて、実体をもたない少女なんですね。だから空の器・寄生先を探していて、その子の狂愛のしかたと言うか、だれかを慕う気持ちで生きてる、っていうところがめちゃくちゃ僕は好きで。

――ありがとうございます、まさにみこいすさんの趣味嗜好が聴きたくて（笑）。たとえば映画やドラマ、小説作品などではどのようなものがお好きでしょうか。

⦿映画は吉田大八監督の『腑抜けども、悲しみの愛を見せろ』が好きで、あと『下妻物語』も。小説だとミステリーをけっこう読んでいますね。降田天さんの『女王は帰らない』だったり、歌野晶午さんは何作も読んでいます。『葉桜の季節に君を想うこと』だったり、誉田哲也さんの『ストロベリーナイト』、浦賀和宏さんの『彼女は存在しない』だったり。復讐、みたいな話が好きで。

五十嵐貴久さんの『リカ』、これも復讐の話なんですけど。めっちゃ恐いです。リカの主人公も、主人公のことが好きすぎて、執着がすごいんですよね。BL作品では、ちぇりまほ、『30歳まで童貞だと魔法使いになれるらしい』や『おっさんずラブ』ももちろん観てました。BLは学生時代、友達の女の子から勧められて好きになって、そういうものは

なかなか世間には受け入れられていないイメージがあったので、『おっさんずラブ』の登場は衝撃でした。『美しい彼』もそうでしたけど、BLのドラマ・映画出演にはとても興味があります。

ただ、YouTubeはいちばん僕の思いが伝わりやすい媒体だと考えているので、俳優やshabondamaの仕事が増えていくなかでも、続けていきたいと思っています。

――みこいすさん・八田拳さんは、踊り手さんだけでなく俳優さんとしてもたいへんご活躍されていて、自分の「推し」がどんどんトップに上り詰めていくことは、ファンにとって本当に本当に嬉しく喜ばしく感じているのとともに、そのことでみこいすさんの「昔の自分」に、今のみこいすさん自身の優しいあたたかい言葉が伝わることを願っています。今日はとてもお忙しいところ、お話をうかがえて嬉しかったです。ありがとうございました！

（トーキングヘッズ叢書No.93『美と恋の位相』アトリエサード）

レビュー① みこいす「みんなの愚痴、聴かせて！！！！！」（みこいす【八田拳】チャンネル・YouTube）

何十回、何百回、この動画に助けられたかわからない。朝の布団のなか。片道二時間かかる通勤先に、いきたくないなあとからだはうごかない。ぴくりともしない。

それが、みこいすさんのやわらかくてやさしい声をきいていると、少しずつからだも気持ちもほぐれてくる。この動画は、「みんなの愚痴を、ぶったおしていこうって」いう企画だそうだ。

元カレ。めんどくさい上司。時間を守らない友人。みこいすさんは「きついよねー」、「うぅー」とひとつひとつ共感しながら、解決策をかんがえていく。その姿はとっても素敵で、カッコいい。

また、みこいすさんの声がすばらしいんですハイ。朝の入り込めないようなきつさをゆっくりと溶かしてくれるような、爽やかでおちついた声。この声に癒され助けられながら、私は今日もなんとか、職場にむかえているのです。（日原）

レビュー② 『みこいす生誕祭』（二〇二三年八月二十六日、池袋AK）

ありがたいことだ。推しの誕生日が祝える。しかもファンたちが集まって。三年ぶりぐらいなはずだ。このみこいすさん、八田拳さんのYouTube動画のおかげで、コロナ禍のひどいメンタルを生きのこれた。

前回は二〇一九年。コロナ前だ。二十二歳のとき。

そして今回。二度目の生誕祭は、八月二十六日に二十六歳だという。みこいすさんの素敵な踊りを堪能しながら、お祝いできるなんてすばらしいことだ。体調がひどくて古館伊知郎トーキングブルースも、鈴本演芸場のさん喬・権太楼も、行けなかったけど、このイベントにはおもたいからだをひきずって行ってよかった。いくつもいくつも、みこいすさんとゲストのパフォーマンスがくりひろげられる。スタンディングの会場というから、立っていられるのか私とおもったが、力をもらえてそんなこと気にならなかった。

この十二月。『火だるま槐多よ』という映画にみこいすさん、出演するという。これだけ凄みのある演舞をみせてくれたひとが、どんな演技をみせてくれるかもたのしみである。（日原）

須永朝彦名歌撰（日原雄一・撰）

若者は刑をうくべしその肉のわななきをもて花傳は成りぬ

射干の實となるまでの一瞬を少年疾驅せり青年へ

少年が中庭《パテオ》で弾ける夜想曲《ノクチユルヌ》きみがたてがみこそに愛せり

愛されし記憶つめたきその夜より髪は左眼をおほひてけぶる

みるかぎり息吹く青麥青年はここ駈けぬくるほかにすべなし

水炎ゆるかつて古刹に見し阿修羅、少年の眥はつはつ

たてがみは想へば眩む幻の長靴に映ゆるきみがそびらよ

月が冥府《よみ》花は愛せし人の数　さはれ一期よ狂はば狂へ

蓬原けぶるがごとき藍ねずみ少年は去り夕べとなりぬ
病めるがごとき日輪の下愛されぬ夏なり濁りひた泳ぎゆく

瞳のなかの湖に溺るる逆睫毛　きみが縹の片袖翳る

（須永朝彦『定本　須永朝彦歌集』西澤書店、一九七八より）

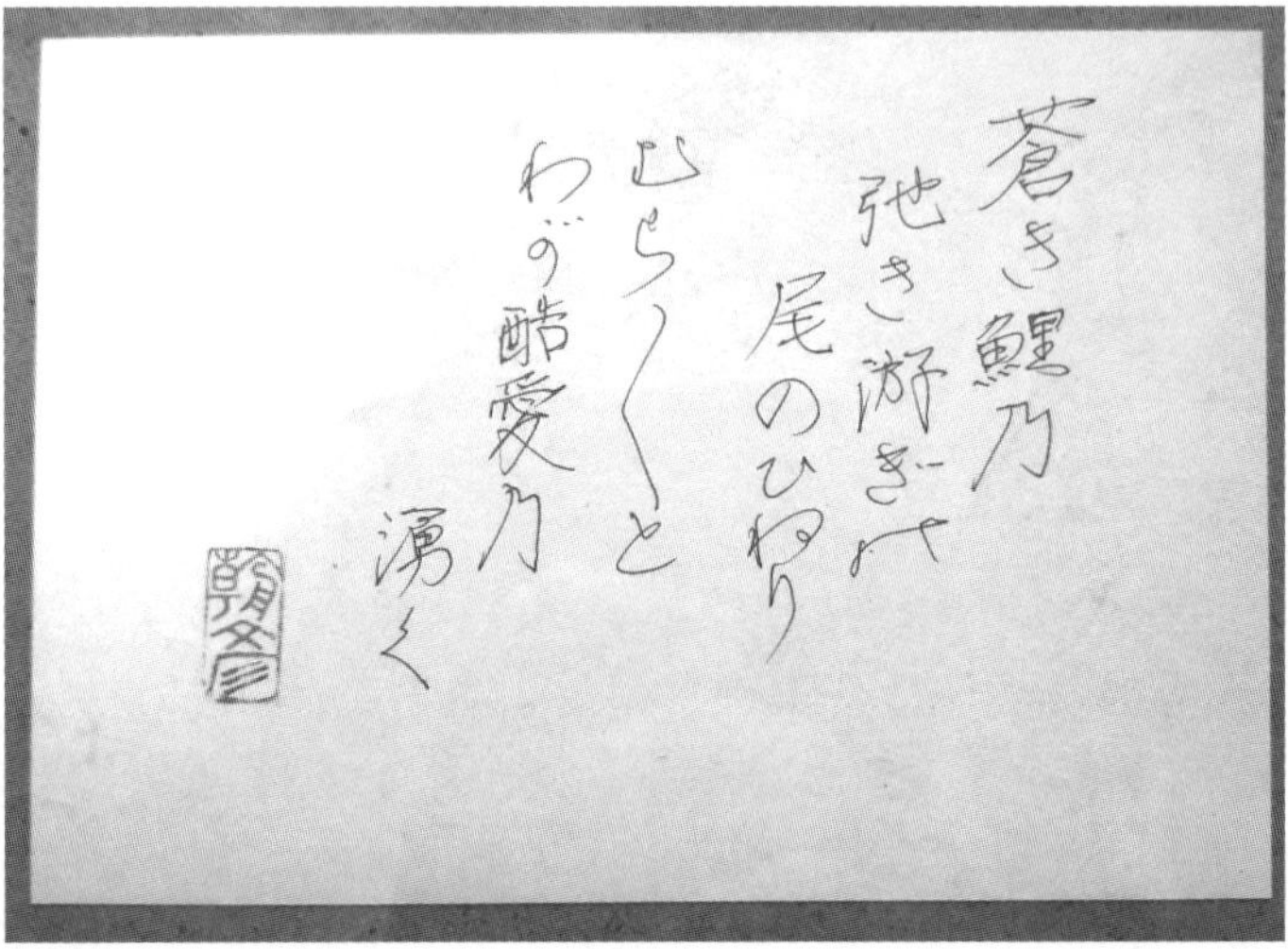
蒼き鯉乃
弛き游ぎや
尾のひねり
むら〱と
わが酷愛乃
湧く

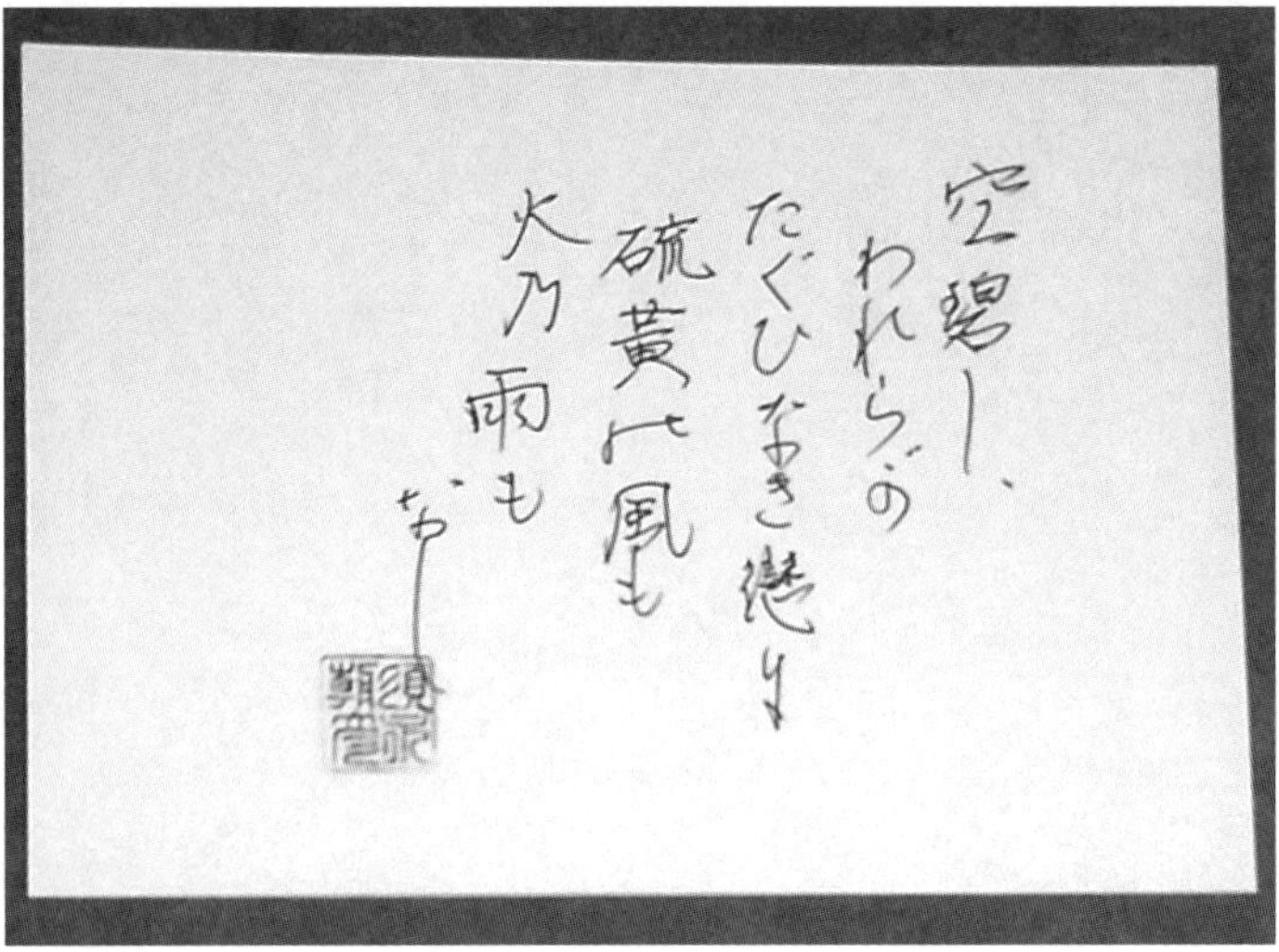
空碧し、
われらがの
たぐひなき戀よ
硫黄や風も
火乃雨も

写真：須永氏より編者に寄贈いただいたもの

冬猫——死にたいショートショート

日原雄一

挿画・雨依はると

空気がつめたい。布団から顔をだして感じる。スマホで打首獄門同好会の「布団の中から出たくない」を再生する。

もう布団のなかから出たくない。あらためて感じて枕元の時計を覗くと、しかし時刻は六時五十分。もう行かねばならぬ時間である。

ぐいと心に区切りをつけて立ち上がる。積み上げてあるカプメンをひとついただき、ノシンちゃんの部屋のふすまを少し開ける。とうぜん、理央はベッドでネミムーしている。じっと見る。見ているうち、理央が薄目をあけて、むううとうなりながら仰向けから右向きに寝返りを打つ。その脇にもぐりこむ。七時をすこしまわったところ。もうそろそろ出ねばならぬ時間帯だが。腹がくちくなっていることもあって、眠気がだいぶある。

にゅる、と布団の隙間から顔を出した。白い仔猫だ。くりくり丸い目をこちらに向け、すっと目を閉じる。こっちも目を閉じる。猫同士のあいさつである。

けれど、いったいどこから入りこんだのだろう。仔猫の頭を撫でながらおもう。理央は気づかず、まだ横むきで寝たままである。

もう七時十五分を過ぎてしまっている。私はひとまず、理央と猫をそのままに、仕事へでかけることにした。

いつもどおりつかれはてて帰ってくると、理央が猫にエサをやっているところだった。

「なんかさ、きのう、寝てたら窓からカリカリって音すんの。見たらこの子がベランダの外にいてさ、ああ寒いんだろうなと思って思って家にあげたら布団にもぐりこんじゃってさ。とりあえず白いごはんとシャケあげたら食べてるとこ」

「あー、食べてるんだ」

しゃがんで、食べている姿をじっと見る。仔猫は、チラとこちらに目をやって、ふたたびごはんを食べ続ける。

「ほんとはペディグリーチャムとかのほうがいいのかねえ?」

「うーん、まあどっちでもいいんじゃない」

俺は風呂のお湯を入れながら答える。「ただ、ここのアパート、ペット禁止なんだよね……。まあ、冬は寒すぎるから、外に出すの可哀想だけど」

「だよねえ……」

「まあ、外に出たがったら、そのときに出してやればいいと思うけど」

ごはんを食べ終わり、台所のマットに口をすりつけて拭いている仔猫をひょいと抱き、ベランダのそばで窓の外を見せてやる。部屋にはストーブがついているが、窓際はすこし冷気がある。

「もうお外いきたい？　もとのとこ帰る？」

仔猫は「うー」と唸り声をあげた。手足をばたばたさせて、いやがっているようなそぶりを見せる。床に離すと、仔猫は布団のほうにタッと駆けていった。


そもそもこれは猫の子なのか。なんとなく映画「ペンギン・ハイウェイ」を思い出しながらひとりごちた。もう夜、十時をすぎている。理央といるとすぐに時間が過ぎる。理央だけじゃなく仔猫もいるので、今日はもっと早く時間が過ぎた。

おおぜいの白猫にとりかこまれている。にゃー、にゃあという甲高い鳴き声が、何重にもなって聞こえる。俺は戸惑って、とりあえず理央を呼ぶと、彼の顔も猫になっている。仔猫たちはいつのまにか、おおぜいの男の子になっている。いっせいに口を開けて、にゃー、にゃあと鳴き続ける。ひとりの少年が俺の腰をだき、ぐりぐりと頭をおしつける。物理的刺激をカワユイ男の子に与えられれば、それは勃つものは勃つ。勃ったものをぐりぐりと、少年に刺激されているところで目が覚める。

夢精はしていなかったが、股間は熱くなっている。打首獄門同好会どころではない。気がつくと、ベランダからカリ、カリと音がする。見ると、外のベランダに昨日とはまた別の白い仔猫がいる。

逡巡したが、ドアを開け招き入れる。白猫はおじけもせず、私の布団のうえでくつろぐ。時間がないので、今日は理央の部屋のふすまを開けるまもなく仕事にでかけた。

いつもどおりつかれはてて帰ってくると、仔猫は三匹に増えていた。理央がエサをやっている。「きょう、夢を見てさ」理央が言う。「俺も見たよ」と返事をする。外には雪がパラパラと降っている。その日、俺と理央はひさびさにした。

（未発表）

あいつはアイドル
～みんなのかわいい男の子～
雨依はると

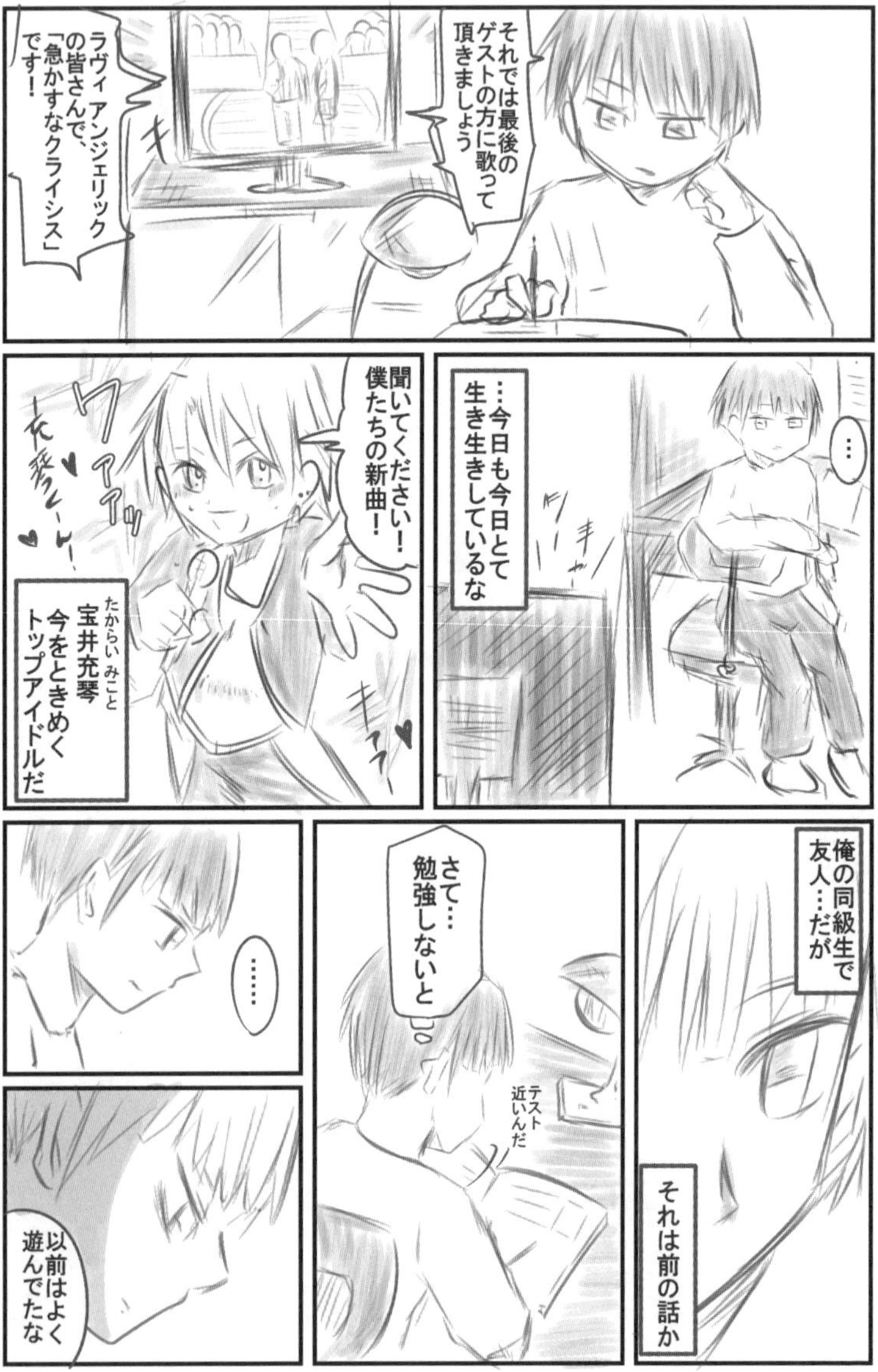
それでは最後のゲストの方に歌って頂きましょう
ラヴィアンジェリックの皆さんで、「急かすなクライシス」です！
…今日も今日とて生き生きしているな
…
聞いてください！僕たちの新曲！
宝井《たからい》充琴《みこと》今をときめくトップアイドルだ
俺の同級生で友人…だが
それは前の話か
さて…勉強しないと
テスト近いんだ
……
以前はよく遊んでたな

友人と呼べる相手はそいつくらいしかいなくて
そいつ進化しないよ
え？そうなの…？
いつもよく一緒につるんでた
隣にいるのが当たり前みたいに
あの出来事があるまでは
好きなんだ 章人《あきひと》のこと
……
…ごめ
そういうんじゃ
ない…
そのとき咄嗟に出たそれはそいつを拒絶する言葉
驚いて出たそれはそいつを遠ざける言葉
あいつは俺の元から去った
自分の気持ちに気づいたのが、充琴がいなくなってからだなんて皮肉なものだ
あいつは今となっては人気アイドル
俺のことなぞ、もうとうの前に…

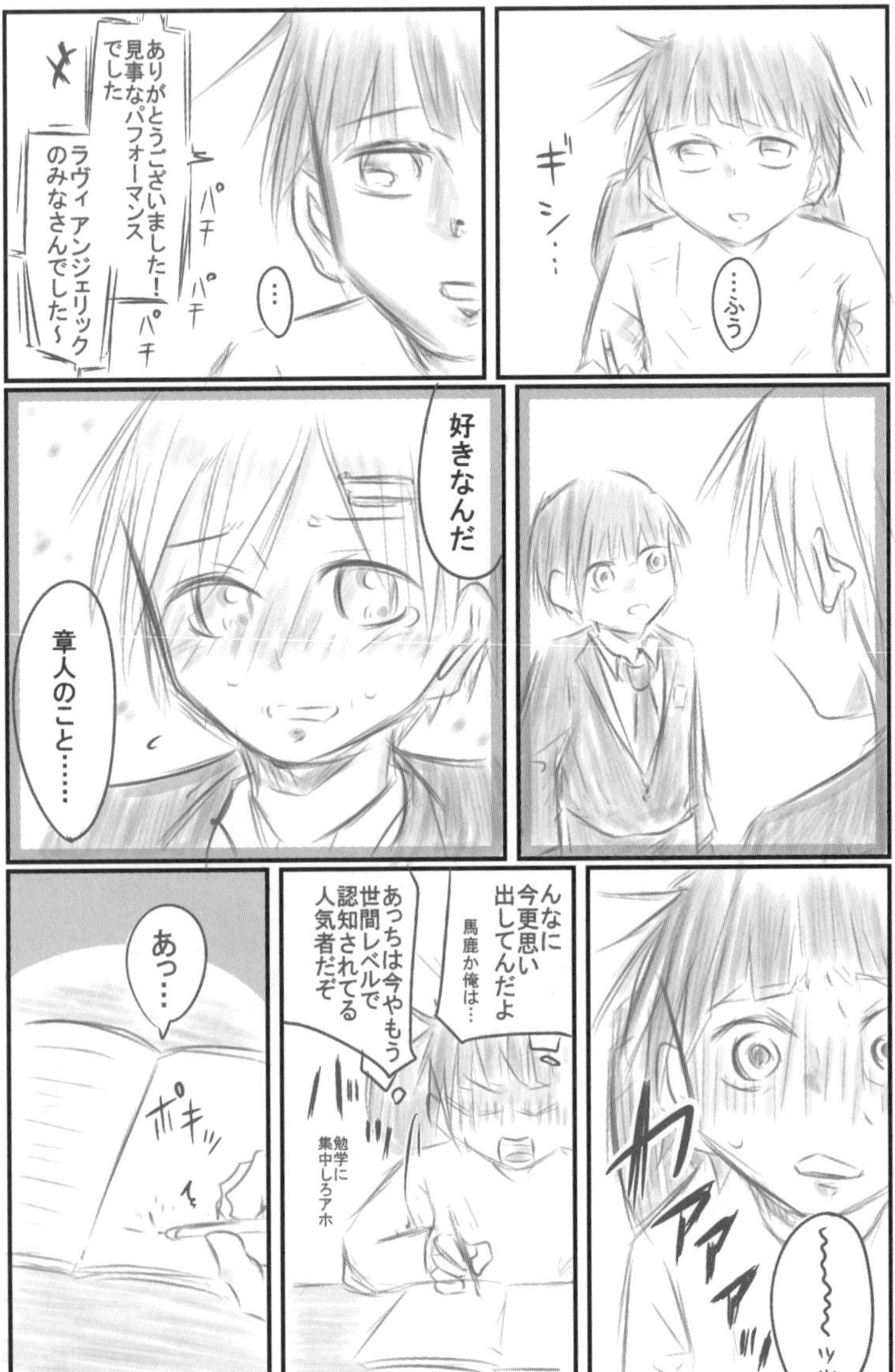
ギシ・・・
…ふう
ありがとうございました！見事なパフォーマンスでした
ラヴィアンジェリックのみなさんでした～
パチ パチ パチ
…
好きなんだ
章人のこと……
カァァァァ
～～～～ッッ
んなに今更思い出してんだよ
馬鹿か俺は…
あっちは今やもう世間レベルで認知されてる人気者だぞ
バッ
勉学に集中しろアホ
あっ…
ポキッ

………
ピロリルル♪
ヴヴ…
メール受信
一件
!
メール……
From：充琴
知らなかった。オレって割と未練がましい性格だったみたい。
生放送終了 控え室前にて
あいつはアイドル
俺もだよ
充琴
みんなの
かわいい
男の子

寝床にくる妄想少年のこと

日原雄一

こんな妄想を、ふだん、寝床でしている。私好みの少年がいる。歳は中学生ごろ。肌は透きとおるように白くて、細身の男の子である。私の本を持っている。昨年出した、『腐男子精神科医の人生寄り道あそび』だ。

「面白かったです」と、外来診察室に来た彼は言う。

「いやいや、つまらない本だから。ええっと、きょうここに来ていただいたきっかけは、気分がすぐれなくて、ということですが」と、私は診療モードのまま、初診時問診票をのぞき込む。

「ああそれ、すみません、ウソなんです。こんなことでもしないと、先生に会えないと思って」

「え、そうなの。不眠、とかも書いてあるけど」

「たまに寝れない日もありますけど、困ってないです。ただ、日原先生に会いたくて、来ちゃいました」

と、頭を下げるパーカーの男の子。

「そう、そうなのね。でも、診察代とか、かかっちゃうけど……」

「いえ。むしろ、そういうものがあったほうが、先生と会いやすいかとおもって」

ニッコリ笑って、天使のような笑顔だ。僕はもうメロメロになりながら、その少年に問う。

「いやいや、そんなことないよ。むしろ、ツイッターとかで話しかけてくれるほうが、おたがいお金もかかんなくて済むと思うし、楽だと思うんだけど」

「ごめんなさい。でも、どうしても会いたかったので。美少年のペニスとかに関して、この本とか、他の本でも書かれてますよね。日原先生、僕のペニスには興味、ないですか?」

「え、いや……」

ないわけないけどさ、と唇をむすぶと、その少年が自分の股間に、私の手をグィと持っていく。そこからコアな官能シーンがつづくなかで、自然と眠りに入っている。

ハイ。今日はこういう場でもありますので。もうちょっと先を書いてもいいんでしょうかどうでしょうか。あいまいなまま先へ進みますが、私の寝床には毎夜、目をつむるとこんな少年が来て、一緒に布団に入り股間をまさぐりあう。そのうちトイレに目覚めて、排尿に行く際にはもういないから、もう目覚めなければいいのにとおもいながらいつも床に就く。

きょうも今日とてねむたい、午前中の外来。寝る前の妄想で会ったような、少年がたずねてきた。羽川清也くん。

もちろん、私の本を読んだこともなかったし、「不眠」と書いてある問診表は、そのとおりだったけれど。

「ここ数週間ねれなくて」

と、彼は言った。そうか、あの少年はこんな声で喋るのかと、ぼんやりと聞いていた。

「夜、ねつけないから、日中もねむくてたまらないんです」

中学二年生の彼は、ほんとうにねむそうにあくびをした。昼寝をしようとしても、なかなかねつけないのだという。

私は比較的安全性の高い、トラゾドンという薬から処方して、不眠時頓服にデエビゴを出した。

翌週来た彼は、まだねむれないという。さてそこから、ベルソムラ、ルネスタ、ゾピクロン……。あれこれ薬を出すうちに、ふと、気づいたことがあった。彼が来るときいつも、ズボンの前が大きく膨らんでいるのだ。

「ちょっと、デリケートなことを訊くけれど」

すこしどぎまぎしながら問診をした。

「夜、羽川くんは自分で、することはあるかな」

「えっと、自分で、って」

羽川くんは不思議そうな顔をした。私はスマホをとりだして、なるべく公共的な団体がやっている性教育のサイトから、自慰行為について解説しているページを見せた。

「週に二、三回はこういうこと、したほうがいいとおもうからね。こうしたことを試してみて、次回、また眠れたか聞きたいから」

そして一週後。彼は笑顔で言ってきた。

「先生、ありがとうございます！　あのサイトのとおりやってみて、よく、眠れるようになりました」

そう言って、紙コップを出した。上にサランラップがしてある。覗いてみると、乳白色の液体が、半分くらいたまっていた。

「日原先生の本を読んだら、男子が初めて出したザーメンとか、喜びそうだなと思って。

いらなければ捨てますけど、いりますか?」

「いらないよ」

私は笑ってそぶりをふった。

「こっちで処分しておくから、そこに置いときなさい。予約はまた来週ね」

「はーい」

羽川くんはニヤニヤしながら、紙コップを診察室の机に置いて帰って行った。

さて。

ひとまず鞄を開け、紙コップをビニール袋で包んでから、慎重に鞄の奥に仕舞った。


「先生、また眠れなくなっちゃって」

と、上目遣いをしながら、羽川くんは言ってくるのだ。ズボンの前が膨らんでいる。

「えー……。ちゃんと自分で、してる?」

「してないです」

即答だ。

「なんでしてないの? してれば、そのあいだ、寝れてたでしょう?」

私はつい早口になって、羽川くんの顔を見た。ちょっと上気している。

「だって……。先生の本とか読むと、ここから直接飲みたいんじゃないかと思って、わざわざ溜めてたんですけど」

すっかりバレていた。

あのあと、少年の白濁液を、ゆっくり味わっていたことが。

「いらないよ」

私はまた笑って答えた。

「また、予約は来週ね。溜めてるぶんは、さっさとトイレででも出しなさい」

「はーい」

ニヤニヤして診察室を出る羽川くん。

待ってる患者さんも少しいるけど、しょうがないか。

トイレに向かう羽川くんの背中を、私は足早に追いかけた。これでまた、寝られるようになってくれたらいいけれど。羽川くんのことをかんがえて、寝れなくなってしまっている私はそう思った。

妄想で美少年を裸に！

日原雄一

美少年が目の前にいる。自分のことを慕ってくれている美少年である。その少年は神木くん似だったり、羽生結弦似だったり、そのときによってさまざまである。

その美少年が何か言う。直接的なことでもあれば、間接的な場合もある。とにかく、自分に好意をしめしてくれるようなことである。まあ仮に、「日原さん、好きです」だったとしよう。

何が「だったとしよう」だ、バカ。でもまあ、そんなのが私がよる寝床でしている妄想なのです。眠れないと、そこからどんどん妄想は俗欲にまみれて発展してきたりする。眠るどころじゃなくなる場合もある。今回の特集が『ネイキッド〜身も心も剥き出しにせよ』だからって、そこまであけっぴろげに気持ち悪いことを書かなくてもいいんだ。ナニ、書こうとすればもっとあけすけの気持ち悪いこと書けるのです。

その相手が現実にいる、イケメンくんである場合は、すくない。たいていは私の理想のなかの、非実在美少年である。ただし私の妄想では実在しているから、その美少年と戯れているあいだの、寝る前のひとときがいちばんたのしい。

現実にいる神木くんであったり、羽生くんであったりを直接的に妄想に出すことは、あまりない。「目の前にいる」ところにいたるまでに、かなり長い妄想が必要だからだ。だから「会いに行けるアイドル」が流行ってるんですかね。秋葉原だったり乃木坂だったり。いわゆる「地下アイドル」はもっと、こっちに降りてきてくれている。天上にいるべきアイドルが地下まで降りてきてくれているのである。ふだん地を這い血を吐きながら生きてるこっちとしては、それは夢中になっちまうでしょうよ。そんな同意を求められても困るでしょうが。

そういう点で、この『トーキングヘッズ叢書』No.93でインタビューさせていただいた八田拳・みこいすさんは、生でその声を聴けるイベントに出てくれていたりするので、とってもありがたいのです。YouTubeも毎日の癒しになってます本当にありがとうございますって、冗談じゃなく涙ぐんでるんだ。

妄想で起こるギャップ萌え

はるな檸檬の『ZUCCA×ZUCCA』は、宝塚の役者さんに恋して恋して恋してる全十巻である。コンビニで「花組キューティハニー娘役・天咲千華様に激似!!」ってだけの、ボーッとしてるコンビニ店員さんにドキドキして、あっためたパスタを横に入れられても「うわーパスタグッチャグチャ……」、「……もうこのグチャグチャすらカワイイ!!」ってなってる。

めっちゃわかる。たぶん自分もコンビニ店員さんが、神木くん似だったりしたらそうなるだろう。お釣りをもらう手すらふるえるだろう。お釣りをもらうために、サイフに小銭ピッタリあってもわざわざ千円札で支払うだろう。っていうか神木くんがコンビニのレジ店員だったら、きっとすっごい愛想いいんだろうなあ、店員のエプロン似合うんだろうなあとか妄想が広がりますね。丁寧に袋に詰めてくれて、それでパスタが縦でグッチャグチャになってるとか、ギャップがメッチャメチャかわいいんだ。おいらのこころもガッチャガチャ、オチャケもビールもガッチャガチャ、って北杜夫の浪曲『タンタンたぬき』みたいな気分である。

歌鳴リナ『ギャルにぱちゃんはせまられたい』でも、人気ティーンズモデルのniPAちゃんは、隣の席の地味な男子高校生で勝手に妄想してる。陰キャでメガネの冴えない男子・晃くんとちょっとしたことでケンカして、「アイツに手触られたし」、「あんなキモい奴に触られて最悪なのに なんで 変な気分になっちゃうの…」って妄想オナニーを始める。「よくも俺を地味メガネ扱いしやがったな!?」って晃くんに押したおされて、強引にキスされる。「すっげー濡れてるじゃん」って犯される妄想がとまらないところに、もちろん当人が入ってくる。もちろん本物の晃くんは、おちついたもんである。「こっち見るなー!!」って本を投げつけられても、自分のメガネが本に当たって落ちて、「メガネないと見れない」ってすましてる。

まさかこのマンガが、晃くんのハーレム展開になるとは。晃くんも晃くんでそのうちに、「俺だって男として頑張りたい時がある」って雄々しい表情をみせたりするからビビるのだ。

妄想と夢の美少年

逆に、妄想で完全構築できる場合もある。ぴい『過剰妄想少年』は、授業中でも妄想で、手も使わず妄想だけで射精してしまう少年の話である。そして、クラスのイケメン陽キャくんにフツーにバレてる。「大野ってさー 授業中しょちゅうオナニーしてるよねー」。「特に沼井のとき多いよねー」って全部バレてる。「ノットハンドプレイここで見せてよ」ってせがまれて、もちろん断っても、「……ここにそっと手が伸びてきたよ」、「優しく揉みしだかれて徐々に硬度が増してきた」、「裏筋を通って小指と薬指が球を揉んできた」って相手の言葉に導かれて、その妄想だけでイかされてしまう。そして、こんな妄想を通じてふたりが、本当のカップルになるから面白い。

地球のお魚ぽんちゃんの『霧尾ファンクラブ』では、クラスメイトの霧尾くんにべた惚れの女子高生ふたりが、ファミレスで「霧尾くんとの会話のシュミレーション」をはじめる。ＪＫ・波さんが演る「霧尾くん」役がすごいうまいんだ。頬杖つくところ、「へくしっ」ってくしゃみするところ、授業中にあてられて「あーえっと　はい」ってやる気なく答えだすところも、恋のライバルの藍美さん、「霧尾くんだッ」って思わず絶叫する。「はは　そういうとこホント　好き」なんてセリフも波ちゃん言ってみて、「波　お前霧尾くんにそんなこと言われたことあんの?」って詰め寄られる。

びみ太『田舎に帰るとやけになついた褐色ポニテショタがいる』では、大学生の市橋航平くんが父方の実家に帰ると、やけになついてるいとこのポニテショタが色気たっぷりになってる。「男の子のはずの従弟がやけにかわいく見える」。一緒にお風呂に入ったときも、「ついてるこの安心感……」ってなってたのに、「俺さ……川の神様に頼んで女にしてもらったんだ」、「できるよ」、「ね　にーちゃん」って迫ってくる、夢をみる。寝るまえに多く考えたことが夢によくでてくると、夢研究でなされている。夢と妄想は共通する部分が多いのだ。「将来の夢」をきかれて、妄想のようなことを答えるひともいる。私の夢はショタランドをつくることです。

村祖俊一の短篇集『少女人形』所収の『恍惚幻想』では、行為の途中でいつも萎えて「若年性インポだ」と自分でもあきらめている青年・明くんがでてくる。「ねえ おしまいにしない？」、「私達もう終わってると思うの」って、付き合っていた女性からも別れを告げられる。

そんなとき、切れ目のとてつもない美少女が、夢の中に出てきて。山辺にいる少女は、いつも裸である。綺麗な目の彼女に、夢のなかで見つめられて。青年はそのときだけは射精してしまう。

夢見た少女をもとめていると、夢で見慣れた山の光景が目の前にあらわれて。見慣れた山の家には、「待ってたのよ」というその少女がいる。

でも、少女のもとに行こうとすると。「ダメ！ こないで」、「私にふれたら 私達はおしまいよ」と言う。「君を抱ければ死んだって……」と熱くなってる青年は、強引に少女と一緒になる。そして果たして、その代償を払うはめになるのだ。「翌日締め切ったアパートの一室で……男は衰弱死していた」。やっぱり青年の夢の中のできごとだったのか、それとも……。

あのね、さいきんの私、いろんなことが自業自得なのである。おかげでなかなか寝つけなくて、寝床で楽しい妄想にふけれずに、ガタガタふるえていたりする。考えてみればネイキッドな私、ずいぶん罪深いことをしてきながら三十三年間生きてきた。僕も勢いで書いてしまおう。毎夜寝床で思っている、あの妄想の少年を抱ければ、いいさ、死んだって！　人間は死ぬ時に本性がでるというから、これが私のホントの性根である。腐りきった腐男子の私が、あの妄想の少年をもとめて、熱海の海岸散歩するのだ。そんな『ヴェニスに死す』と『金色夜叉』がごっちゃになった死にかたでもわるくない。妄想のなかではあの『白鳥の湖』のメロディが流れて、つかこうへいの舞台『熱海殺人事件』も混ざってぐちゃぐちゃになってるんだ。YouTube に公式であがってる『ザ・ロンゲストスプリング』バージョンの冒頭で、裸でだきあってるあの美少年もいいですね。あのチャイコフスキーの音楽と美少年の交合にギャップはないですな。

（トーキングヘッズ叢書 No.94『ネイキッド』アトリエサード）

北杜夫『世も末の私の好奇心日記』をめぐって

——マンボウ氏の「美少年」探訪——

日原雄一

北杜夫ならずっとファンだ。どくとるマンボウファンだから精神科医になった、と言っても過言ではない。第一期の全集や限定版の書籍、生原稿も古書店で買っている。ソウ病期の北氏が、株やバクチの資金源として、自身の原稿を売りに出していたことは北氏自身も書いていた。恥ずかしいからおやめなさいと、奥様にとめられたことも。

この『世も末の好奇心日記』の生原稿は、聞いたことがないタイトルだし、元題が『ゲイ・ボーイ探訪記』というから、すっかり興味を持って買わせていただいた。ネットで購入し封を開けると、掲載誌の『新潮45』昭和六十一年十二月号もついていた。

北杜夫にとって『新潮45』は、『マンボウ氏の暴言とたわごと』にまとめられる連載をやっていたり、晩年も『マンボウ最後のむざんなバクチ行者』をしたり、好き勝手に書ける格好の雑誌だったようだ。このエッセイも、『マンボウ・マブゼ共和国建国由来記』、『父さんは大変人』などソウ病感あふれる、大胆で突拍子もない作品群を生みだしていた当時、そうしたひとつに位置づけられるのかもしれない。ちなみに「躁病っぽさ」は精神科用語でバイポラリティというが、精神科医でもある北杜夫は自身で躁うつ病と診断している。躁と鬱をくりかえす病気で、躁のときはハイテンションでいろんなことに手をだして活動する。

私はショタコン、少年愛者でパンセクシャルだけれど、北杜夫も自身の少年愛体験について、『どくとるマンボウ青春記』などで書いている。北杜夫にとって文壇のすこし先輩・吉行淳之介が一時期、男娼と同棲していたことは有名で作品にも書いているが、このエッセイはその吉行氏に対抗心をいだくところから始まる。躁病期のマンボウ氏、酒乱の星新一をめがけて酒乱対決をしたこともありました。吉行氏は『よっぱらい読本』の編者や、『小説現代』名物連載の『酒中日記』の名執筆者でもあったが、今回はセクシャル方面のことが標的である。ことは北氏と吉行氏が対談した際、吉行氏からこう問われたことからはじまる。

「君はどうしてセックスのことを書かないんだい?」

「今の世はセックスばやりですから、書かないんです」

「そうかね。ぼくはまだまだセックスのことは書き足らぬと思うから、書くんだがね」

そのときは、私はただなるほどと思ったに過ぎなかった。

しかし、その後も吉行さんは性の探求をし、『人工水晶体』によると男娼とまで寝たという。この本が賞を受けたあと、私は吉行さんに祝いの電話をかけたが、

「吉行さんは男娼とまで寝たと書いていますが、本当ですか？」

と尋ねると、

「おれはねえ、五、六人と寝ているよ」

という返事であった。

私はさすが性豪、女ばかりでなく男にまで興味を持つのかと感嘆したものである。

それから、あたかも躁状態であったゆえ、よし、おれも負けてはならぬ、と奇妙に勢い立ってしまった。

テンションの上がったマンボウ氏は、「それならば、いっそゲイ・ボーイを取材したならば、ととっさに思いついた」。ただし、「私は美青年となると、もう嫌であるが、美少年

なら好きである。これは昔のなごりもあるかもしれないし、また私がホモでない証拠なのかもしれない」。そういえばあの『少年愛の美学』稲垣足穂も、「美少年と言えば希臘神話の連想があるが、美青年というと、『魔羅一本』の感じがして、どうもいやだ」と書いていた。いわゆる同性愛者、「ホモ」については、北氏もタルホもそうとは違い、「ちがう」ということも表明したかったのかもしれない。北氏も敬愛する三島由紀夫は、『仮面の告白』、『禁色』をものしているが、結婚して二子もいる。いまや芸術院会員の筒井康隆いわく、彼は『ダンヌンツィオに夢中』だって説はさておき。『ザ・ゲイ』の東郷健すら結婚して子供がいた。三島氏とそのような関係にあった堂本正樹氏も自身の著書では、はっきりとその場面、状況について書いてはいない。福島次郎氏の『三島由紀夫――剣と寒紅』は書いている。三島氏のそうした側面についてふれられるのをきらった奥様の没後に出たものだが、子供たちが訴えて絶版になっている。ちょっとした自慢ですが、うちの墓も三島の墓も、ついでに徳川夢声の墓もおんなじ多磨霊園である。

北氏の「ゲイ・ボーイ」取材法は、「美少年のいるゲイ・バーなどを取材して、吉行さんに負けぬような小説でも書けたら、というのが私の躁的な発想であった」。吉行淳之介『人工水晶体』はちょうど、講談社エッセイ賞を受賞していた。

けれども、時は昭和六十年代。ＨＩＶウイルスの恐さが世に出始めたころで。東郷健も、

『ザ・ゲイ』などの雑誌刊行のほか、ゲイ専門のクリニックを経営し、エイズくせものこわいものとおもわれていたころだ、

ただ、いくら躁病であってもエイズはこわい。それに、私一人で、ホモの巣と言われる新宿二丁目に乗りこむだけの勇気もない。

幸いなことに、私は一人のゲイ・ボーイを知っていた。こけしという名で、今やかなりの年齢だが、その業界では顔役でもある。ゲイというものは女性にコンプレックスを持つせいか、弁が立ち、すこぶるサービス精神が旺盛な子が多い。こけしはその典型で、彼の店に女房やバーのホステスを連れてゆくと、必ず彼女らはその雄弁を面白がり、かつ喜ぶ。ホステスなどは、「あたしたちもお客さんにああいうふうにサービスしなければいけないと教えられました」などと感心したりもする。

そのこけし嬢と連れだって、新宿二丁目に行くのである。当時から新宿二丁目はそのような街だったのかとおもうと感慨ぶかいが、くわしいひとにきくと、当時といまの二丁目の雰囲気は、ずいぶんちがうらしい。まあ、同性愛者をきらった石原慎太郎都知事が、新宿の裏街道を整備したこともあるのだろうが。伏見憲明の『新宿二丁目』によれば、もと

もと内藤新宿の宿場町、妓楼も多くあり、明治大正以降は戦後にも「赤線・青線の色街として男たちの足を盛んに誘った」。赤線廃止以降は「ヌードスタジオ」ができて、「そこで肌を露出した女性を写真撮影したり、場合によっては撮影の名目でモデルの女性をホテルなどに連れ出し、買春ができるシステムになっていたという」。それとともに、「売春防止法が施行されると、灯が消えた街に、今度は男性同性愛者たちが進出して」、「異性愛者の風俗店とゲイバーは共存していたが、八〇年代にもなると後者が前者を圧倒していく」。池袋、中野にもそうした店があるというが、あんまり私も、二丁目やそこらにくわしくなくって。

通りすぎたことはある。実家の本郷から新宿まではギリギリ自転車で行けたから、よく二丁目のあたりをとおっていた。バーや飲食店はもちろん、そうしたＤＶＤや道具をあつかっているお店もあった。

その、「ゲイバー」が街を圧倒していった時代に、マンボウ氏は取材しに行こうとくわだてる。先の仲よい「ゲイ・ボーイ」こけし嬢に、「さっそく電話してみる」。

「ああら、北ちゃん、懐しいわあ。え、新宿二丁目？　いやん、恥ずかしいこと言っちゃ。こけしはプライドがあるから、まだあんなところ行ったことないのよ。……まあいいわ。こけしにまかしてえ。あたし、恥ずかしいけど、北ちゃんと二丁目にでも何にでも行くわ」

私は女装のゲイも嫌いである。とにかく、男の服装をしていることと、青年ではなく少年くらいの年齢の店を捜してくれと念を押して電話を切った。

新宿二丁目に行くのに、北氏もこけし嬢も勇気をふりしぼっている。先述の伏見氏も、初めて行くときには「勇気を振り絞って冒険に来た」、「それはまさに決死の覚悟と言えた」という。

マンボウ氏は、学生時代に少年を愛したときも「プラトニックなもの」で、「口惜しいけれど、私は男と男が寝るのはどういうふうにするのか知らない」。と言いながら、若干の知識はあるようで、「私はこけしの店へ行く前に、勇気をふるってコンドームを買った」。当時のコンドームだ。いまは激薄なんてものもでていて、コンビニでも買えるが、そのころは種類はどうだったのか。やはり、薬局のようなところでないと買えなかったのかもしれないが。ただ、コンドームの自販機を見つけるとたいてい古い機種だから、わりと簡単に手にはいったのかもしれない。ビニ本の自販機は、ざんねんながらもうぜんぜんみかけないけれど。

こけし嬢のほうは、コンドームまで買って準備万端の北杜夫に上機嫌になっている。

「二丁目なんて猟奇的ね。あら、コンドームまで用意したの？　あたしも恥ずかしいけど、ここにコンドーム持ってるわ。新宿のどこへ行ったらいいか、とにかく乗りこみましょうよ」

と、二人してタクシーに乗った。

いまの新宿二丁目のボーイさんには、実際のゲイ、バイセクシャルとされているかたがたはいる。けれど、当時はちがったようで、「彼らはふつうの女が好きな男性で、金のために客に買われるのだという」、「相手がホモでないのならこちらが襲われることもなく、エイズに罹ることもあるまいと、かえってホッとした」。

北杜夫も、躁病期にはテレビに多く出て、鳩山邦夫と昆虫の話をしたり、『徹子の部屋』で歌や浪曲を披露したりしていたから、大作家というだけでなく、顔も割れている有名人である。そこで、「私が黒眼鏡をかけ、英語でしゃべって彼に通訳して貰うことにした」。そして、西独の人・カール氏と名乗る。そういえば、まだドイツが東西でわかれていたのである。

さて、「新宿二丁目に着いたが、なにしろこけしも初めての街だから、どの店にはいってよいかわからない。そこで出鱈目に、それらしい店にはいってみることにした」。

ゲイ風俗と言っても、いろんな店がある。「ゲイバー」というのは、「店子」と呼ばれる男の子がいるバーだが、性的なサービスはない店舗。「ショーパブ」、女装した男の子が歌ったり、踊ったり披露する店舗。ボーイさんが性的なサービスを提供する、「ウリセン」。ボーイさんがしてくれるマッサージが中心で、性的なサービスを含む場合もあるという「ゲイマッサージ店」。ほかにゲイ向けポルノショップ、有料のハッテン場。「ハッテン場」はサウナ・宿泊施設の名目で、来た客同士があれこれハッテンする。通のかたにうかがいながらこう書いていると、やっぱり行きたくなりますね。とくにウリセン、ゲイマッサージ店。ウリセンは大手が男子学園・東京キッズグループで、ほかにも小店がたくさんある。インターネットも発達しているからスマホですぐに検索できて、ボーイさんの顔写真ものっているから、そういうのをみているだけでたのしいですね。

一軒の店にはいると、美青年どころか、むしろ不器量な青年たちが数名、カウンターのうしろに立っていた。なるほど、こけしの言うとおり、自分がいかなる客に買われるかを気にするのか、ニコリともせず、生真面目な顔で突っ立っている。まして私が白髪だらけのうえに濃いサングラスをかけたドイツ人として登場したので、おそらく恐怖の情に駆られたのか、がちがちに緊張して直立していた。私はビールを飲んだが、むしろ醜男の青年たちを前にして、面白くないどころか、一体何のためにこんな愚行をおっ始めたのかと悲しくさえなってしまった。

店を出てから、私はこけしに言った。

「ぜんぜんつまらん。大体、奴らは口も利かんじゃないか。おい、なんとかして美少年のいる店を捜しだせ」

と、マンボウ氏すっかりゴキゲンななめだった。「それから二人は、闇雲にそれらしい店を物色して歩いた。いずれも前述したような店である」。

いまはインターネットがあるから、そうしたお店はかんたんにさがせる。けれども昭和の末期ごろ、『薔薇族』や『ザ・ゲイ』はあったけれど、そうした情報へのアクセスはなかなかむずかしい。

五、六軒の店を物色したところで、さすがにソウ病期のマンボウ氏もちょっとくたびれてきたようだ。女装したボーイさんのいるショーパブっぽい店をみつけて、

「こけし、俺様は疲れたぞ。いい店がなかったら、あそこへはいってみるか」

私が言うと、こけしは嫌というほど私の脇腹をつねって、

「裏切り者！　女装のゲイは嫌いだなんて言っておいて。でも、綺麗だったわあ。だけど、もう少し待って。あのお店はきっと高いから」

そこで、こけし嬢のなじみの店で、マンボウ氏ごのみの少年がいそうな店を紹介してもらう。参照先はやっぱり、伊藤文學の『薔薇族』である。いまではスマホで検索、即席ですむところを、情報へのアクセスが七面倒なのだ。薔薇族は第二書房の伊藤文學氏がやめたあと、二〇一一年からは二代目編集長としてセージ・サバイバー氏が現在も刊行しているという。伊藤文學氏は『「薔薇族」編集長』、『薔薇よ永遠に』など当時のことをいくつも書き残した著書を残してくれているし、『薔薇族　創刊号』も電子書籍で読める。伊藤文學氏の文章ももちろん、芦原修二『少年愛の詩学』、藤田竜『淫らな夜の幸福と絶望』なんてところも面白かった。

「ねえ、この人西独の人だけど、青年じゃあなくて少年がいいと言うのよ。どこかにそんなお店ないこと？」

あとでこけしが話したことだったが、ふつうこの業界は競争が激しくて、たとえ隣りの店でも教えないものだという。しかし、そこはこけしの顔で、マスターは「薔薇族」という雑誌を手にとって調べはじめた。こけしも私もそれを覗きこんだのだが、或るページに「××少年隊」と記してあるのが私の目にはいった。私はこけしに、そこがいいと英語で伝えた。あとで考えてみれば、日本語もしゃべれぬドイツ人が日本文字を読めてしまうのもおかしなことだったが、マスターはそのページを破ってこけしに与えた。

尋ね尋ねして、ようやくその「××少年隊」が見つかった。ここは確かにヤングの店で、十七、八から二十二くらいの年齢だという。こけしが例のとおり私をドイツ人だと紹介し、私たちはその安アパートのような店にはいった。一室に数名の少年たちがいた。マジック・ミラーでこちらからは見えても、向うは客が見えない。

ところが、その店のマネージャーが「四人ばかりの少年を示したが、少なくとも私の気に入った少年はいなかった」。需要と供給が今ほどさかんでない時代、しかたのないことだったのかもしれない。

今ではお店のホームページに、ボーイさんの顔写真まで載っているから、行く前から気に入った少年をさがせて、勤務スケジュールまでわかる。もっとも、SNOWやら画像加工アプリも進化した時代だ、写真サギのようなこともあるのかもしれないが。

それでもマンボウ氏、「取材にきて何もしないでは作家魂に関わると思い、一人の少年を指名した」。


もうその顔もよく覚えていないが、とにかく店のユニフォームを着ていて、こけしに言わせるとそのために可愛く見えるのだという。彼は私を風呂場へ連れてゆき、シャワーをあびるようにと言った。また私は、あまり少年が不気味な外人におびえないよう、

「おれは本当は日本人だ。それにホモでもない。ただ話を聞きたいだけなのだ」

と言っておいた。


でもシャワーは浴びるのだ。ボーイさんといっしょにシャワーを浴びるサービスなどは現代でもあるが、このときマンボウ氏がどうだったのか、細かくは書かれていない。もしかしたら少年とともに、裸になってシャワーを浴びたのかもしれないと、邪推するのは自由である。尊敬する埴谷雄高氏にならって、愛人をもったこともあるマンボウ氏だ、その

くらいはしたのかもしれない。

シャワーをあびると、浴衣のようなものを着せられた。それから二人で、畳一畳ちょっとの個室に入った。この個室は実に貧相で、単に煎餅布団が一杯に敷きつめられており、隣室とのしきりの壁はうすく、声がつつぬけであることにあとで気づいた。少年は、

「ぼくはこの店に入ってから、まだ四日目なのです」

と、正座をしながら言った。

私は、店にきてまだ四日ならほとんど何も知らないだろうと少しガッカリしたが、気をとり直して、客がどんなことをするかを尋ねてみた。

「この店ではアナル・セックスはしません。大体、キスをするとか、あそこをいじるとか嘗めるとか、そのくらいです」

この個室にはビデオがあって、私は男はオナニーといえばペニスをいじるしか方法がないと思っていたのに、そのビデオの出演者は自分で自分のアヌスをいじくって恍惚とした表情をしている。このときは本当にたまげてしまったものだが、あとで考えてみるとこのビデオもおそらく演出したものであろう。しかし私は新発見をしたと

思って、ついついビデオを見つづけ、その少年とは何を話したかは覚えていない。メモをとったりすると、相手がまたビクつくからと思ったからである。

ちなみにこの店は、七十分間八千円だが、ボーイの貰えるぶんはわずか三千円とのことであった。私は気の毒になって、少しチップを与え、結局彼に触りもせず触らせもせずに店を出た。


だけれど、まだマンボウ氏は満足しない。「これだけではあまりにつまらないと思い、先ほど見つけた例の女装をしているゲイのバーにはいった。やはり圧倒的に美しい美女めいたボーイが多い」。

美女めいたボーイ。おかま、女装子さん、トランスジェンダーならMtF、いいかたはいまならいろいろあるが、圧倒的に美しい美女めいたかたはツイッターでいまいくらも見れて、いい時代だなあと思う。これも画像加工なのかもしれないが。

北杜夫はどんな女性を美しいと感じていたのか。過去、遠藤周作夫妻といっしょになって、奥さんに「喜美子、お前は可愛いねえ」と呼びかけたこともあるマンボウ氏だ。その中には、奥様に似た「美女めいたボーイ」もいたかもしれない。

このバーは広く、女客もけっこう多かった。中にはなかなかの美女もいて、私はその旦那だか恋人だかに「ユー・マスト・ビー・ハピイ」などと言ったのである。ショーもあったが始まるのが遅く、店を出たのは一時頃だったかと思う。

こけしに、たとえばここの女装したボーイを買うのにいくらくらいかかるかと訊くと、

「そうね。けっこう高級そうな店だから、五万円くらいかもよ」

それに比べると、さっきの「××少年隊」は安く、こけしに言わせると金のない落ちぶれた男が行く場所だろうとのことであった。

そうして数日が経って。ふたたび取材である。こけし嬢と新宿二丁目にむかう。マンボウ氏、今度こそは自分好みの美少年をと意気込んでいる。が、行く先は「落ちぶれた男の行く」例の店である。なにしろ、そこしかよさそうな店を知らないのだから。

夕方こけしと落ちあい、「××少年隊」に直行した。今回は、かなり私好みの少年がいた。痩せ型で、どちらかというとつつましい顔立ちをしていたのである。このまえのように、実はおれは日本人だからと言っておいて、シャワーも浴衣も断り、着て

きたジーパンとシャツのまま個室にはいった。

このたびは、あまり刺激的なビデオはなかった。私はもう彼がホモでないと知っていたから、何か嫌な目に会ったかと問うた。

「私は二ヵ月目です。実は広告に男女を求むとあったからここに来たら、初めてこんな店だと知りました」

と、前回の少年同様丁寧な口調である。店のしつけがきびしいのか、こけしの言うほど落ちぶれた場所とは思えなかった。


ここでマンボウ氏、ソウ病期らしい大胆な行動に出る。「私はその少年がかなり好みに合っていたし、せっかく取材にこんなところに来たのだからと、最後にその少年の頬にちょっとキスをしてそこを出た」というから、よっぽど気に入ったのだろう。キスされたという少年もノンケであろうとも、相手が北杜夫なら冥利だろう。立川談志は尊敬する森繁久彌にキスさせろといわれて、実際にさせたという。稲垣足穂と野坂昭如も雑誌の対談でキスしたそうだが、「プレイボーイ」だった野坂氏も男とキスをしたことは他にあったのか。後年、これも新潮45で、『妄想老人日記』を連載していたけれど。

マンボウ氏、また別の少年を、今度はホテルを教えてもらって連れ出していく。

その安ホテルはすぐそばにあった。御休憩で八千円とかで、確かに安ホテルには間違いなかった。

私は連れて行ったボーイとベッドの上に座り、あまりこわがられてはならぬから黒眼鏡ははずし、君の体験を何でも話してくれと頼んだ。ビールでもとりたかったが、このホテルはそんなものも置いていないようであった。ちなみに「××少年隊」にもアルコール類はない。頼めば麦茶を持ってきてくれるばかりであった。

そのボーイが語るには、ホテル・オークラとか帝国ホテルから電話をかけて少年たちを呼ぶ客もかなりいるらしい。おおむね年配の客が多いという。男っぽいとか女っぽいとか、身長とかを指定して来るが、店が慎重で該当するボーイがいないときは断るので、ホテルまで行って帰されたりすることは一度もないという。時には女の客もあり、そういうときはチップを貰わなくてもうれしいと彼もやはり述べた。

「一体、いくらくらいチップをくれるの?」

「くれない客もありますし、千円のこともあるし、ぼくの友達のボーイは三十万円貰ったことがあると言ってました」

「ほう、するとよっぽど金持の客なのかね?」

「ふつうチップのことなどぼくたちは話さないんです。沢山貰ったなどと言うと、仲間に奢らなきゃいけませんし」

いくら稀ではあれ、それだけ金を貰えることもあるならば、いやな男にサービスするのも不思議ではあるまい。

現代でも、とくにコロナ禍の不景気のさなかでは、ノンケだがやむなく学費のためにウリセンにつとめている大学生がニュース記事になっていた。『宝島』の最終号（二〇一五年八月）には、『ジャーナリスト鈴木智彦のガチンコ体験ルポ』として「『美少年』を新宿二丁目で買う!!」という記事がある。若いころウリセンをやって、その後、年を経てこんどは自分がボーイさんを買ってみる、という。十八のころ、やっぱりお店は「少年隊」で、ことが済んだあとは「哀しいとか、惨めだとか、その逆にひどく興奮したとか、精神の根を揺らすような激情は感じず、ゲテモノ小屋を覗いた興奮だけがあった」、「何も喋らず、声も上げず、ただただ泣いた」という。そのくせ、自分が拓哉という少年を呼んでるときには、「お前さん、さっきからなんでため口?」って文句をつけるのである。なかには、距離感を縮めるためわざとそうしているボーイさんもいるかもしれないのに。

北氏はこんなことも訊いていた。

いちばん嫌な思いはと問うと、

「一度ぼくはお客さんが射精するとき、いきなり首をぐいと抑えこまれて、顔にビッショリ精液がかかっちゃったことがあります。そのあと石鹸で顔を洗いましたけど、あのときは自分がみじめで、泣きたくなりました」

と言った。私はますますこの少年に同情してしまったが、とりあえずマッサージをして貰うことにした。彼が、

「マッサージだけで射精しちゃうお客さんもいるのです。そういう客はいちばん楽です」

と言っていたからだ。

そのうえ、

「ぼくはお客さんのペニスを嘗めるのも断っちゃうんです。ただしごくだけですね」

とも言っていたから、きわめて純情な少年に思え、それにしても一万円くらいの金を店に払ってせっかくホテルまで連れだして、何にもしないのは損だと、せめてマッサージをしてもらったのである。

せめてマッサージを、というのがいかにも北氏らしい。総理になりたい林芳正氏が、あやしいマッサージ店にかよっているのは有名だが。

今回のボーイさんのされた経験は、いわゆる顔射、というもので、あれこれ話を聞くと、恋愛関係にあっても、女性はいやがるひとが多いようだ。私は男の子の恋人に乞われて、一度だけしたことがあるが、なんだかすごく申し訳ない気持ちになった。

私は顔射をされた経験はないが、好きな相手にならむしろされたいとおもう。尿や便だとかスカトロ的な話になると、ちょっとかんがえさせてほしい面はあるが、それでも神木隆之介くんの尿ならよろこんでのむ。何の話だ。

そのあと北氏はこけし嬢と合流する。


こけしが、何か面白い話は聞いたかと問うたので、

「なんでも一人、ホモのボーイがはいってきたそうだ。そのうちにまたホモのボーイがはいってきた。そうしたら、そのホモ同士ができちゃって、店をやめて行ったそうだよ」

と言うと、

「北ちゃん、ああいうお店になぜホモのボーイがいないかわかる？　つまり、ホモっ

て相手を選ぶでしょう？　だから、嫌いな男に抱かれるのは好かないわけなのよ」

と、解説してくれた。

やっぱり、当時でも同性愛者のボーイさんはいたのである。私はなぜだか、ちょっと嬉しくなった。私はウリセンのホームページで可愛い子をさがすのが趣味なのだが、その子のセクシャリティが「ゲイ」、「バイ」だったりするのをずいぶん見てきていたから。

もう夜もだいぶ深まってきただろうに。ふたりは、新宿公園にむかう。

さして大きからぬ公園である。あちこちに二、三人ずつかたまって男がいるが、むろんホモなのであろう。便所にははいらなかった。なぜなら便所の中で何かをさせられる危険があると、何かに書かれていたからである。

外人が一人いたが、年よりだったので私は声をかけなかった。それから公園内を一周して、

「ホモの巣だなんて言っても、あんがい人間は少ないな」

などと話しながら、公園を出ようとすると、一人の若い外国人が鉄の手すりに腰をかけていた。

私はどうせアメリカ人だと思い、「どこからきたのか？」と問わずに、うっかり、

「アー・ユー・アメリカン？」

と声をかけると、相手は、

「ノー」

と言った。

はっとして見ると、どうもドイツ人らしい顔立ちである。尋ねてみると果してそうであった。そこで私は、「自分はトーマス・マンを愛読している」などと言い、日本に何回か留学した親しい友人である女性心理学者インゲボルク・ヴェントを知っているかと問うと、青年は知っていると答えた。彼女は日本に関する本を何冊か出している。日本に憧れて日本に来るような男が、彼女の名を知っていても不思議はないことであった。

気をつかう北氏は「彼の邪魔をしてはならぬと思ったので、ほんの数分でそこを離れ、公園から出た」。

ドイツ語なら東北大学医学部で、北氏も学ぶところだったろうし、そもそも今回のマンボウ氏は西独人・カール氏という設定であった。ゲイ・ボーイの取材にはならなかったが、

トーマス・マンや親しい友人というインゲボルク・ヴェントの話もでき、北氏としても嬉しかったのではないか。そういえば、トーマス・マンの少年愛小説の名作『トニオ・クレーゲル』の主要登場人物もインゲボルクだ。

夜の新宿公園に、私も通りかかったことがあるが、人の気配は外からではあまりかんじられなかった。なかに入るとこうなのかと、感じ入って読んでいた。

「取材」はまだまだおわらない。また後日、こんどは編集者さん、新潮45のTさんが見つけた「ニューオータニの中にあるタップ・チップス」というショーパブのような店に行く。「或る文学賞の授賞式」のあと、「Tさん、こけし、それから自分からぜひ連れて行ってくれと申し込んだ中央公論社の女流編集者Mさん」と向かった。このMさん、北杜夫の愛読者なら、ああ中公のMさんねとすぐ納得するような名物編集者だ。

ところが、ショーの入れ替えでなかなか席に着けないし、「店に務めるボーイは、いずれも青年であり、しかも決して美青年ともいえない」ので、マンボウ氏はけっこうオカンムリである。

この店は女性客も多く、「ここの勘定は四人で二万何千円かであった。このくらいの値段で、男にサービスを受け、ショーを見られるのなら、OLたちが集まるのももっともと言わねばならぬ」と納得の御様子だった。

いまでいうとホストクラブのようなものは、当時はあったのだろうか。私はこのころ、生まれてすらいないのでわからない。さいきんは女性用風俗や、レズ風俗まである時代である。永田カビの『レズ風俗に行ってきましたレポ』は面白かったし、ウリセンについての書籍も多くある。

この店の勘定が済んだあと、マンボウ氏はまたしても「××少年隊」に行く。

例のとおり、マジック・ミラーの部屋の中にいた四人ほどの少年の中から、いちばん若そうな子を選んだら、奇しくも前に私の気に入った少年であった。

彼はその後もう少し体験をつんでいて、

「ぼくもサドの男にぶたれまして、ここのところに跡がのこったほどです」

と言って、自分のズボンをはいた腿の辺りを指さした。

そのほか、何を話したかもう忘れてしまった。なにしろメモをとらないから、老人ボケの私はみんな忘れてしまうのである。

だが、このときは、最後に少年にちょっとキスをしてみた。今までの体験で、この店ならエイズの心配もあるまいと考えたから、唇にキスをしてみた。しかし、べつだん女とキスをするのと変ったところはなかった。

こけしはあとになってこう言った。

「本当はタップ・チップスから始めて、それから二丁目に行けばよかったのよ。だってあそこは終局みたいな場所ですもの」

私は私で、二丁目のほうが断然おもしろいと思い、わが躁病に敵なしと一人で悦に入ったものであった。


マンボウ氏、ついに唇にキスである。フレンチ・キスかもしれないが、キスはキスだ。さいしょのころとくらべると、ずいぶんやることが派手になっている。北氏は「べつだん女とキスをするのと変ったところはなかった」という感想で。立川談志は「美輪明宏としたキスが、いちばん甘かった」と言っていた。唇同士のキスは、やはり粘膜の接触であるから、立派な性行為にちがいない。

これだけあれこれ体験しても、「やはりこのくらいの体験では吉行先輩にとてもかなわぬと思ったから、日を改めて日を更めて四たび新宿二丁目に出かけることにした」。なかなか思うような美少年に出会えず、そのたびにつきあわされるこけし嬢に文句も言われたりする。

このこけし嬢は、「かつて柳というゲイ・バーに勤めた。その頃は給料はぜんぜんなし、客は五千円を払えばボーイを店から連れだすことができ、そのあと金をとるのはゲイたちの腕次第だったという」。

古狸とまでいわれているこけし嬢と、今度も「××少年隊」に行くが、「時刻が遅くてすでにボーイたちは売り切れていた」。そしてまた新宿公園に行くが、ここでもあまり人影はすくない。

「こうなりゃヤケよ。また片端からここらの店にはいってみない？　北ちゃん、カール、大丈夫？」

「おれもヤケになった。とにかくアタックしてみよう」

そしてふたりは、「一軒のナイト・クラブ」のような店に入り、ボーイさんふたりと席をともにする。

ここでこけし嬢、ひとり大奮闘を見せる。

そのうちにこけしはそのボーイの一人とステージのほうへ行ったと思ったら、矢庭に踊りはじめた。自分の店でもこけしはよく体をくねらして踊る。しかし、今夜のこけしの踊りは目を見はるほどうまかった。

いつまでも踊っているので、北氏はスタッフさんに止めにもらいに行くが。「こけしの奴、恍惚と一人で踊り狂っていて、いっかな戻ってこない。彼がナルシストであるとは知ってはいたが、これほどまでとは思っていなかった」。

ここでも少年に会えず、北氏の思うような取材にならなかったこともあって、「この前、少年の店を教えてくれた店でまた聞いてくれ。おれはもう嫌になったぞ」とこけし嬢に頼む。以前の「××少年隊」を紹介してくれたマスターに「このカールが、どうしても男が欲しいんだって」とこけし嬢が相談すると、「なんでもサウナ風呂のあるホテル」・「××大番」を紹介される。

そこで浴衣に着がえて、ホテル内を探索するふたりは「すべてを見るつもりで、三階か四階かまであがった。そこは個室となっていて、こけしはやたらとそのノブを引っぱってみ」る。しかし、どこも一杯である。「また一つの部屋では、みんなが寝椅子に寝そべってテレビを見ていたが、別にホモのテレビではないようであった」。

そうこうするなか、ようやく男たちの欲望うごめくところにつく。

そのうち、「ミックス・ルーム」という部屋を見つけ、ドアを開けてみると中は真暗である。両側にずらりと布団が敷かれ、その中から大鼾が聞こえてくる。ここにいるのはすべてホモのはずだから、眠っているのもげせないことだと思ったが、不気味なのでその部屋を出てしまった。

けれどそのあとに「さっきよりは広い『ミックス・ルーム』を見つけ」、「私はそこに横たわって観察をすることにした」。

そのうちに一つの布団があいた。すると、こけしはそこにもぐりこんで行った。私はなお中央に片肘をついた格好で横たわっていた。

そのうちに、やにわにこけしが横の男の上に乗っかったようであった。私は、「こけしの奴、とうとう本領を発揮して、男と寝だしたか」と思って、なおもそこを注視していた。

布団を上にかぶっているが、とにかくこけしは上になっている。男女の関係でいうならば、正常位というところである。その布団の下でいかなることが行われているのか、私にはわからない。

なおもときどき、男がはいってきて、寝ている男をじっと見下ろしている。また、うごめく布団があって、その中では何か行われているらしい。新しくはいってきた男たちは、寝場所がないとそのまま帰って行ってしまう。

こけしのかけている布団がパッとめくられた。なにか下の男があらがっているようである。私にはこけしが何かいやらしいことをして、その男に拒絶されたように思えた。

こけしが起上ってきたので、私たちは二人で階下に降り、ロッカーから服を出して着た。その間にも、半裸体の男がそばを通ったりすると、こけしは、

「ああら、いい身体ねえ。美しいわあ」

などと嬌声を発するので、私は恥ずかしかった。相手はそれに対して一言も答えない。ミックス・ルームにいた連中も、一音も発しなかった。とにかく隠微で、おぞましく、おどろおどろしい世界である。

帰路、こけし嬢から「あたし、北ちゃんに見せてあげようとして、まず相手の肩を撫でたのよ。黙っているから、上になってオッパイをいじってやったの」と詳細を聴く。そして、「一体、北ちゃんは何を見たの？　こけしがこれだけ一生懸命してあげてるって言う

のに」と憤る。北氏のほうはいわく、「大体、暗くってほとんどわからなかった」。

このあたりでマンボウ氏は、ようやく満足する。「ともあれ、私はまさしくホモの集まる終局ともいえるホテルに行ったのである。昨年の十二月、北ボルネオのカタビラバルで、私は三千円から八千円までの女のいるホテルを探訪し、なかんずくそのいちばん古いホテルの階段を登るときにはなんだか麻薬の巣にでも乗りこむようなときめきを覚えたものだったが、このたびはもっともっと陰惨で不気味な世界を垣間見たわけであった」。

そしてさっそく、吉行淳之介に電話して、自慢をはじめる。


「ぼくは先輩に負けないほど、ゲイ・ボーイを取材しましたよ」

「それは一体、何のことだね?」

「だって吉行さん、ゲイと五、六人も寝たと言ってたでしょう?」

「そう言ったかね。しかし、おれはオカマを掘ってやったんだぞ。掘られたんじゃないぞ。五、六人と言って、正確には三人だ。ただその一人とは何回も寝たぞ」

「それはホモで、吉行さんが惚れられたんでしょ? ところが、ゲイの世界というのは……」

と、ひとしきりゲイ・ボーイの講釈をして、これで吉行さんに少し追いついたと得意になっていた。

まあ、これだけのことをしたら。マンボウ氏の妻からキツーイお叱りを受ける。奥様の斎藤喜美子さんは、先日もテレビ番組『天然素材NHK』でおみかけしたが、まだまだお元気そうな様子であった。

ちなみにこのときは、マンボウ氏が外国を再訪した際のNHKの旅番組を、娘の斎藤由香さんとご覧になっていて、その古いほうの番組は一九九五年ごろ。『天然素材NHK』では一部しか流れなかったのだが、その古い番組自体も面白くて、ぜひ全篇再放送かDVD化してほしいところだ。

北杜夫は斎藤茂吉の息子だから、山形の斎藤茂吉記念館で何度も講演をしている。没後の二〇一二年に山形でひらかれたシンポジウム『茂吉からの贈り物』には、エッセイストでもある娘の斎藤由香さんと、奥様の斎藤喜美子さんも参加されていて、このときもしっかりと、しかし優しい口調でお話されている様子がYouTubeにのこっている。さすがはあのマンボウ氏の奥様である。

北杜夫には『マンボウ恐妻記』という作品もあって、こんなあそびを繰りかえすマンボウ氏に、言うべきことはしっかり言う。

「あなたが勝手にエイズになるだけならまだいいけど、あたしや娘に感染るのかも知れないのよ。もう、取材なんかおやめなさい」

それから、前に聞いた話をまた持ち出した。やはりアメリカの話で、日本人の男性二人がレストランにはいったら、それまでテーブルの上にセットされていた銀の食器だのスプーン類をボーイが片づけてしまい、紙の皿を持ってきたという。明らかにホモと間違えられたのである。

こけしに電話すると、彼だけはいい調子で、

「北ちゃん。上野にいろんなお店があると聞いたわ。中年用、少年用、いろいろあるそうよ」

などと言うので、私は女房に叱られたことを話し、

「おれはエイズがこわかった。それよりも、もういい加減飽きた。それに妙にだるい。或いはもうエイズに罹ったのかもしれん」

エイズ。後天性免疫不全症候群。平成になってから刊行された筒井康隆の『文学部唯野教授』でも、ＨＩＶウイルスのこわさが、過剰なまでに書かれており、時代だなあと思う。

「とにかく、おれはもう取材はやめたぞ」と、すっかり意気消沈のマンボウ氏である。
このエッセイは、北氏のこんな述懐でおわる。

かくして、せっかくセックス方面でも吉行淳之介先輩に追いつこうとした私の努力も、結局は龍頭蛇尾に終ったのである。
やはり、私は清純作家なのであろうか。

私は北杜夫の単行本をほとんど持っているが、このエッセイは読んだおぼえがない。おそらく未収録なのかもしれない。『新潮45』も、くしくもLGBT関連のことで廃刊になってしまったし、バックナンバーもなかなか手に入らない。北氏の知られざる名エッセイを味わっていただきたく、できるかぎり引用文を多くしたゆえんである。本当なら、北杜夫先生のエッセイ原文そのものを収録したかったのだけれど……。

雨依はると
美少年のキズアト

イェイ♪

ちひろー頭もふらせてよおーっ
ちょっやめろ杉触んなっ！

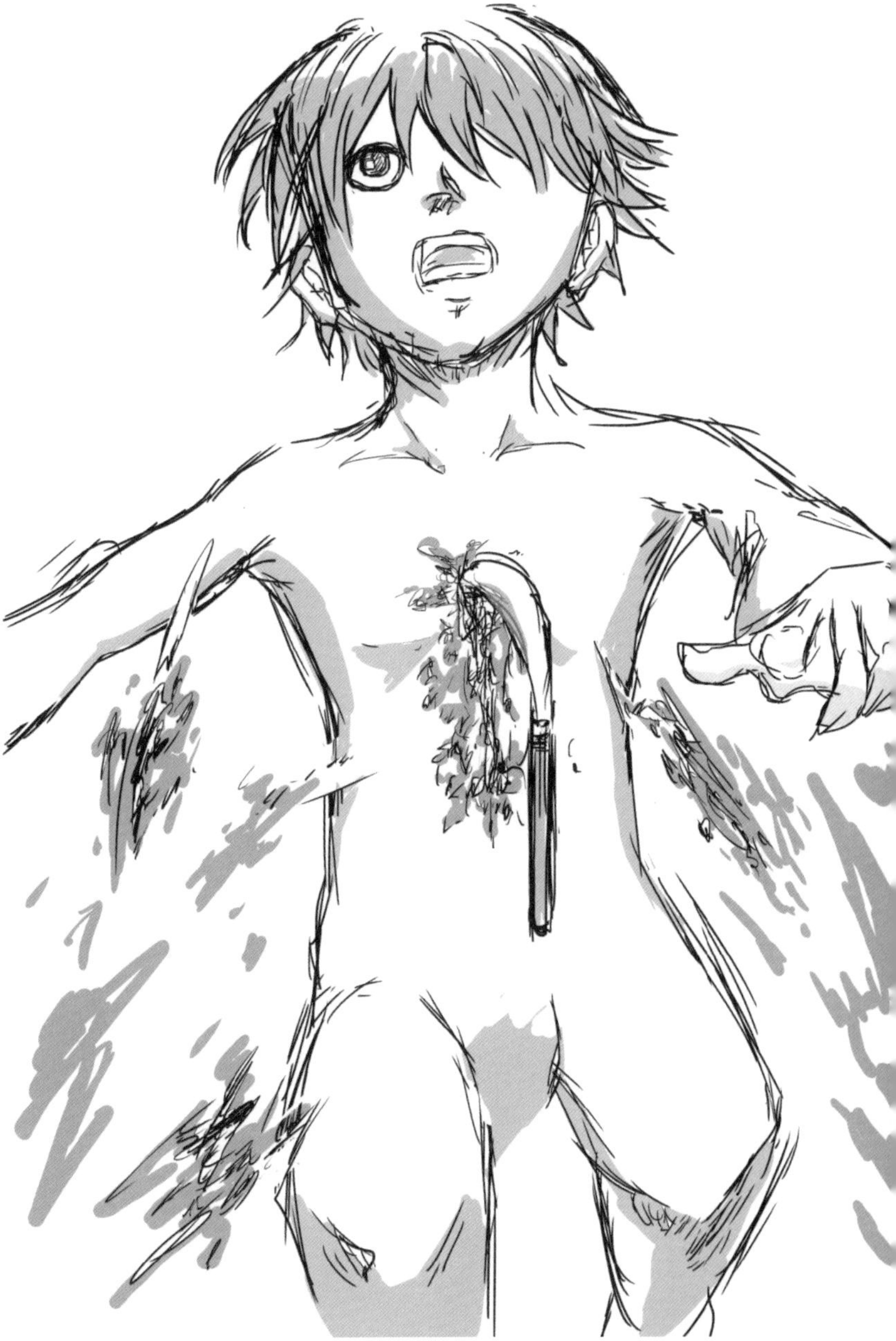

元ウリセン男子・水嶋はやとインタビュー

——三回射精してってたひとはいました（笑）——

（聞き手・日原雄一）

ウリセン。ゲイ風俗。いわゆる「売春」は違法とされているけれど、ソープランドやらデリヘルはある。「ウリセン」、ゲイ風俗も、合法とされている範疇の営業だ。ネットのホームページをみると、いちどは行ってみたいところである。可愛い美少年が揃いにそろっている。

お酒をのみながらゲイ風俗のホームページをみていると、そんなところに電話をかけそうになる。まあ、かけてみたところで、予約がとれないパターンがほぼいつもの流れなのだけれど。

今回来てくれた水嶋はやとくんは、もう三ヶ月ほど前にウリセンをやめたという。令和五年の三月くらいから、半年ばかり勤めて。

色白でちっちゃくて、からだも折れそうなくらい細くて、めちゃめちゃ可愛い子だ。

もしいまもお店に在籍していたら、酔っぱらってなくてもフッーにお願いしたいところだが、たぶんやっぱり予約とれないんだろうなあ。

——そもそも、ゲイ風俗で働くに至ったきっかけとか、うかがえたら。

⦿小四くらいのころから、男の子のことが好きで。それも、夢でわかったんですよね。なんか、男の友達と夢で抱き合ってて（笑）。そこから意識するようになっちゃって、同じクラスでも、避け気味になっちゃったんですけど。

——いわゆる「好き避け」ってやつ、めちゃめちゃありますよね。向こうはどんな系の男の子でした？

⦿うーん、元気な感じの子なんですけど。たまにクラスの端のほうで本とか読んでて。ギャップ萌え的な感じもありましたね。

その子とは卒業して、同窓会とで、高校で彼女できたって聞いたときは、ちょっと複雑でしたね（笑）。

——中学、高校では、水嶋さんはヤリチンでした？

⦿いえ（笑）。中学のとき、つきあったのは一度くらいですね。

中一の春くらいから、友達のお兄さんとつきあったんですけど。中学三年で、相手が卒

水嶋はやとさん
（取材時）

業しちゃって。そこからはやっぱり、疎遠になっちゃいました。一年くらいでしたね。

——でも。同じ学校だったころは、学校でシたこととか……。

⦿ないよぉ（笑）。けど、学校のとなりに公園があって、その公園のトイレで、ってことは……。

でも、自分もそういうこと覚えるの遅いほうで。自分でするのを覚えたのも、中学一年の五月くらいだったんで。

——へえー。僕は小五くらいだったなあ。花村萬月の『触覚記』を読んでて。

⦿本から学ぶよね（笑）。自分もそうで。

高校卒業して、東京のほうに来て美容の専門学校に来てから、ああいう仕事に就いたかんじです。

――仕事に就いたきっかけとか、どんな感じでした？

⦿学校の授業料とか稼ぐのに、給料も必要で。ウリセンなら、男の子が好きってこととか、自分の根幹の部分を認めてくれるひとたちのところに行きたいし、なんなら出会いみたいなものもあったらな、って思ってそうしました（笑）。

――そうだねえ……僕はパンセクシャル、性別関係なく好きになる感じだけど、同性どうしの恋愛だと、なかなか告白とかもしにくいしね。

全国の系列店でも、ナンバーワンになったことがあったんだっけ。お客さんたちとは、一日どのくらい相手するの？

⦿うちのお店は、ひとりでもお客がつけばいいってかんじだったから、多い日でも三、四人とか、そんなかんじかなあ。

――そうなのね。そういう日とかは、射精とかは……

⦿僕は女性ホルモンをのんでいて、射精はしなかったです。お店では、たぶんいっぺんも。

――女性ホルモンのんでるんだ。女性になりたい気持ちとかは、ある？

⦿うーん、手術してまではしたくないですね。きっと痛いし。

——そういうのなしに、ヴァギナがそこについてるかんじだったら、どう?

⦿ああ、それならありかなっておもいます。

——僕はパンセクシャルだから、巨乳のはやとさんでも巨根のはやとくんでも、めちゃめちゃかわいいとおもうから、もしまたお店に出てくれるってなったら、もちろん指名したいと思うんだけど。お店に戻りたい気持ちとかは、ある?

⦿いや、けっこうたいへんだったから……。でも、給料三倍だったらいいですかね(笑)。いまは、カフェの店員とかやりたいですね。

——カフェの店員かあ。そっちではミルク注文したら、はやとくんのミルクを飲ませてくれるのとか、そんなオヤジギャグはどう?

⦿恥ずかしいです(笑)。

——はやとくんは射精してなくても、向こうは射精、何回くらいしてた?

⦿三回射精してってたひとはいました(笑)シャワーの前、シャワーのなか、シャワーのあとだったり……。

——すごいなあ。僕みたいにもう三十四のおじさんになると、一回自分で出すだけでもうヘロヘロなんだけど。

⦿でも、お客さんは四十、五十のひととか、おじいさんが多いよ。

――そうなんだ……そっちもすごいなあ。いろんなお客さんいると思うんだけど、いやなこととかされたことは、ありました？

◉うーん……自分につく最初のお客さんとかは、自分が初めてだ、ってお客さん側からもわかるシステムになっていて。それで、強めに服脱がされたり、いろいろされましたね。あと、ゲイとかマイノリティに対して、偏見的なことも言われたり。

――そういうところに来るお客さんも、性的指向について偏見的なこと言うひと、いるんだ。

◉やっぱり、自分が女性ホルモンのんでたりとか、するからですかね……。

――そうなのね。でも、はやとくんがいるなら行ってみたいから、はやとくんがもしゲイ風俗に戻るのに、どんな条件でもつけていいってなったら、どうする？　たとえば、すっごいタイプのひととかしか相手しない、とか。

◉タイプのひと来ると、逆につらい（笑）。もう会えないから。

――え、でも通ってくれたりとかすることも、あるかもしれないじゃん。

◉なかったの（笑）。いまお店辞めたあとのツイッターでは、何万リツイートとかされたりしてるんですけどね。勤めるなら、やっぱり給料三倍だったら（笑）。

――給料三倍かあ。僕はいま大学病院につとめてて、外勤日って一日べつのところにつとめる日はあるんだけど、大学病院では医者じゃなくて「教員」ってかんじでやとわれてるのね。だから給料、医者のなかでも低くて、四十くらいなんだけど、当時はどのくらいだった？　ゲイ風俗は、女性が出てくる風俗より給料安いっていうけど。

⦿うーん、その三倍くらいほしい（笑）。美容学校の授業料、何百万もするし……。

――はやとくん、学校の授業もたいへんだとおもうけど、ホントに可愛いもんね。それくらいはもらっていいとおもうけど、業界内の相場ってあるだろうしね……。もうちょっと飲むね（笑）。

（令和五年十二月・池袋の居酒屋で）

魔界の美鬼
村祖俊一

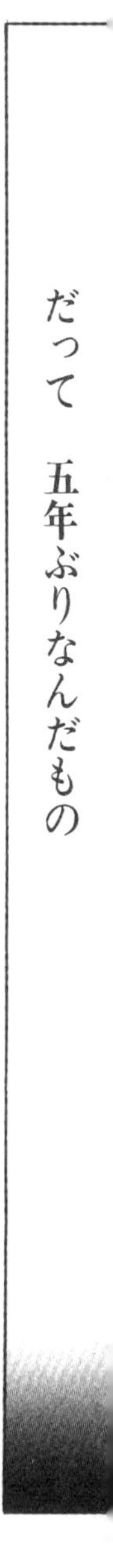
だって　五年ぶりなんだもの

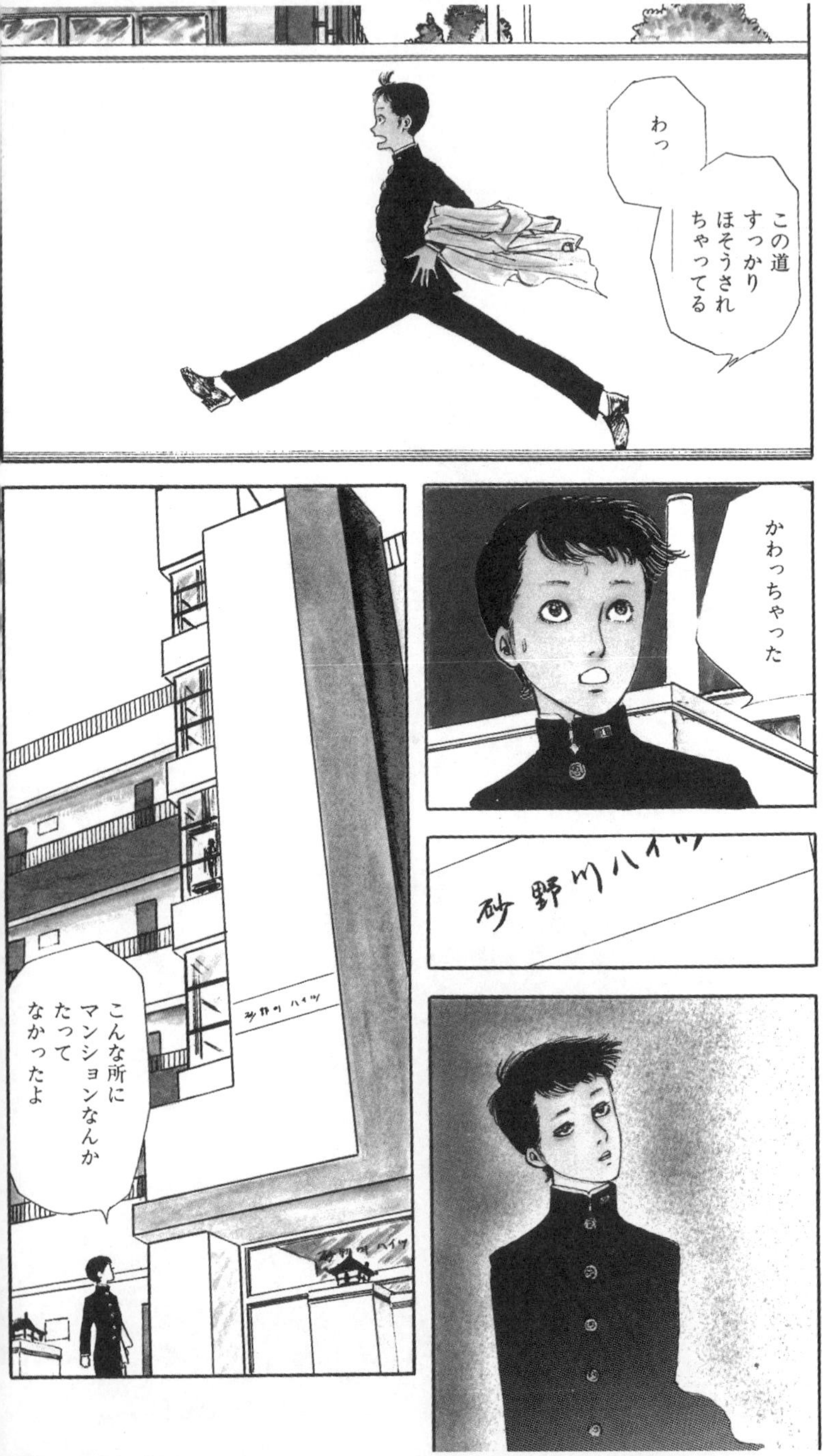

わっ
この道
すっかり
ほそうされ
ちゃってる
かわっちゃった
砂野川ハイツ
こんな所に
マンションなんか
たって
なかったよ

かわっちゃった
かわっちゃった

か…かわってない
梅があって……
あっセーヌ川だ

はアっ
なつかしいなァ
ちっともかわってないや
たった二年しかいなかった所だけれども……
あの頃は僕ももっと髪が長かったっけ

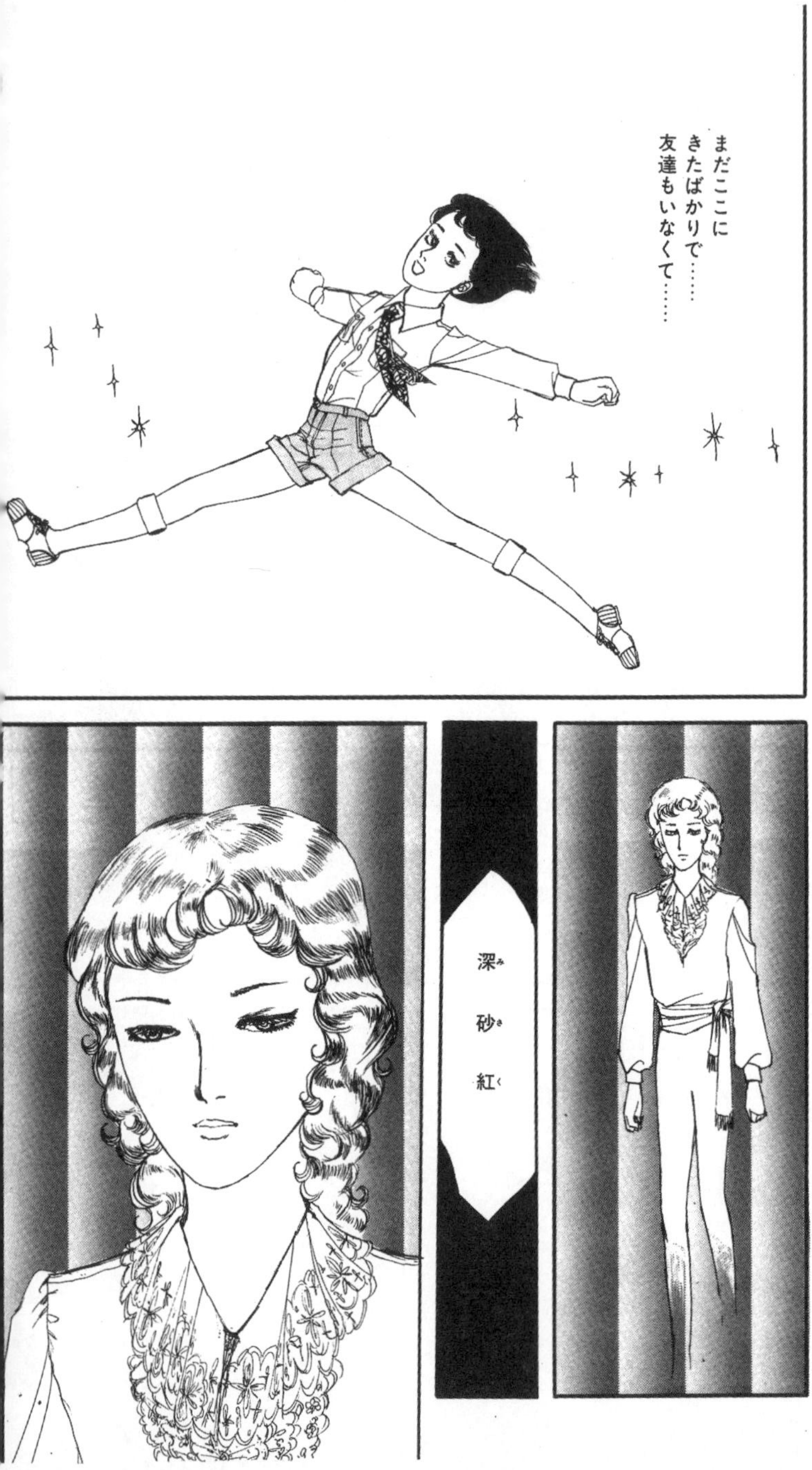
まだここに
きたばかりで……
友達もいなくて……
深《み》砂《さ》紅《く》

そんなこともあったっけ
そうさ　あの頃は子供だったから……
だから…

だから……
深砂紅の髪は紫色に光るんだ
ふしぎだな
彼外国人だったのかな
名前も変わってるし……
友達……
だって僕は彼の家も知らない

五年もたってるんだ
あえる訳ないよ
ここ……

そうだ
深砂紅と来た事があった
ピシッ
ガササ
この奥に……
ガザッ
おんなじだ
ちっとも変わってないや
ゴツン
たっ
でも少しせまくなってるみたいだ

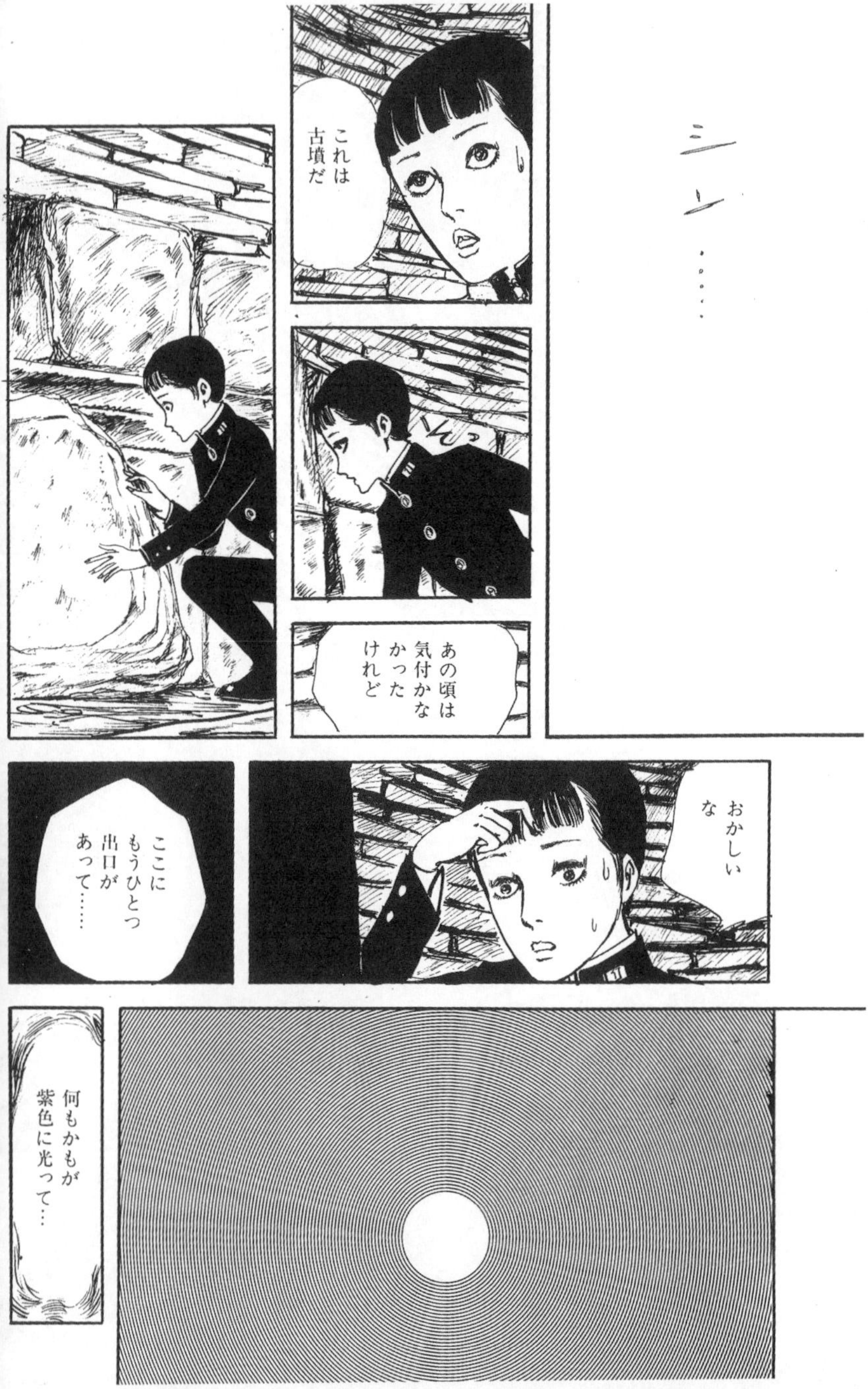
シーン……
これは古墳だ
あの頃は気付かなかったけれど
おかしいな
ここにもうひとつ出口があって……
何もかもが紫色に光って…

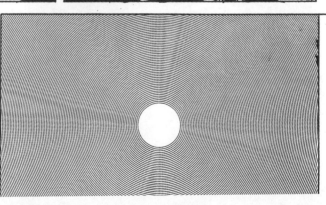

あれは
反射の
せいだったの
だろうか
今は
紫の季節
どうして
あの事
ばかり
思い出すんだ
だろう
あの頃
僕達はまだ
子供だった
のに……
ん……

グラ
ゴロ
ハァ
ハァ
ハァ
おぼえてた通りだ
あっ

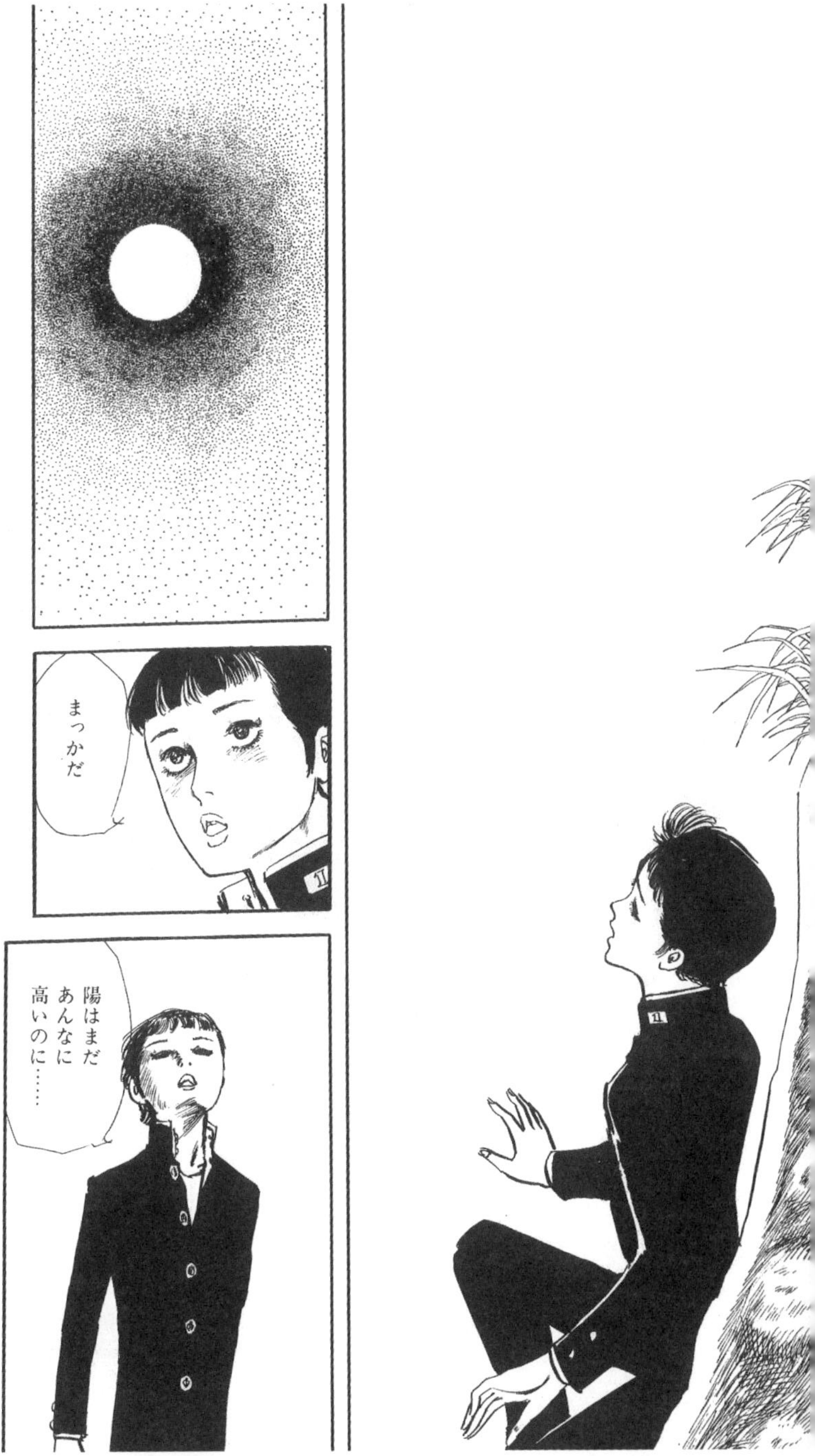
まっかだ
陽はまだあんなに高いのに……

何もかも
深紅にそまって
……
どきっ

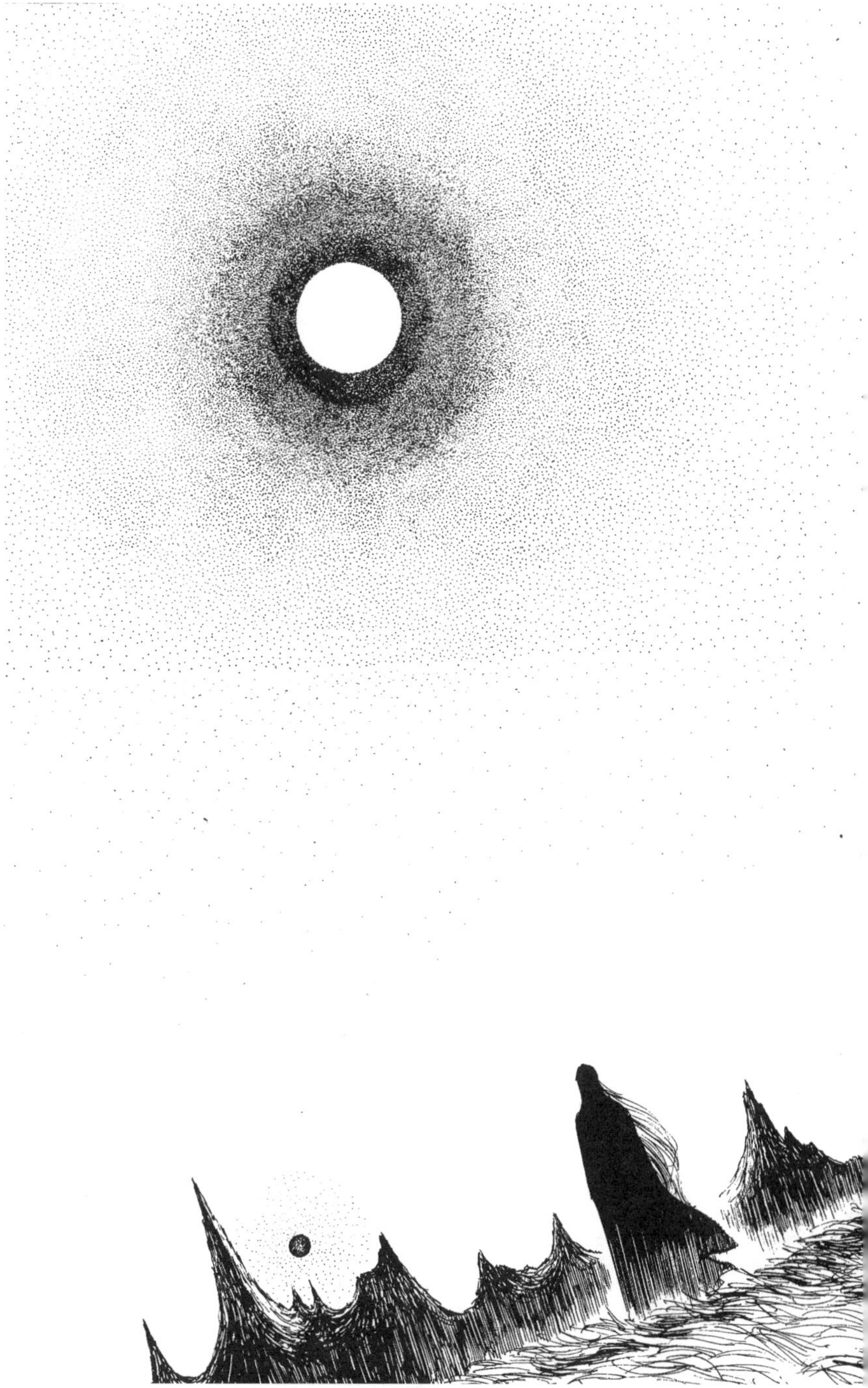

あ!?
髪を切ったの？

君のあの黒い長い髪がとても好きだったのに……
え!?
深砂紅……
幻覚か……
そうだ ここには誰もいやしない

誰ひとり
いやしない
私があの「玉子」から生れた時に……
玉子？
僕は何を考えているんだ
紫色の季節が沈む

深砂紅！
この束の間の時に……

はァ
幻覚だ
気が狂いそうだ

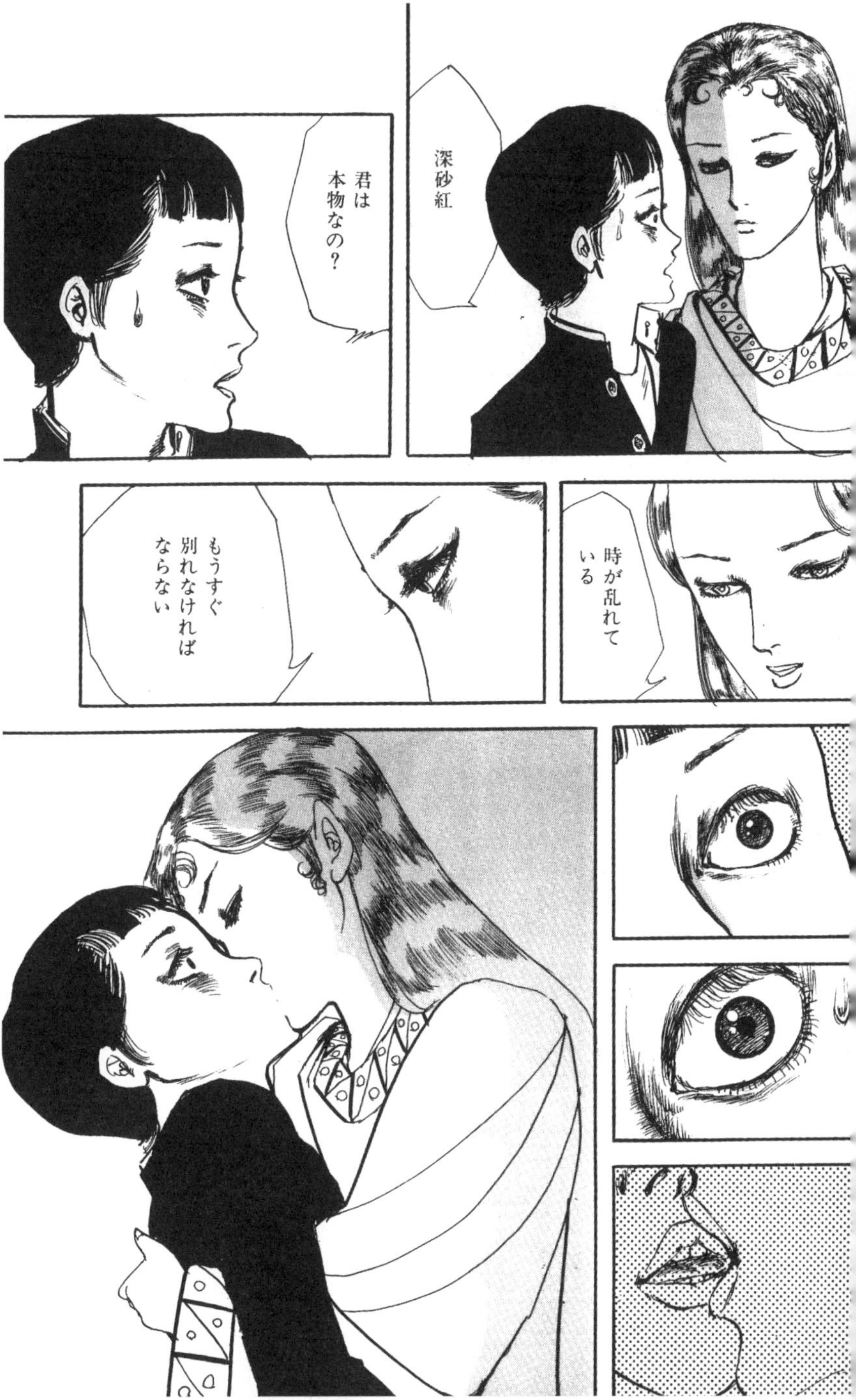
深砂紅
君は本物なの?
時が乱れている
もうすぐ別れなければならない

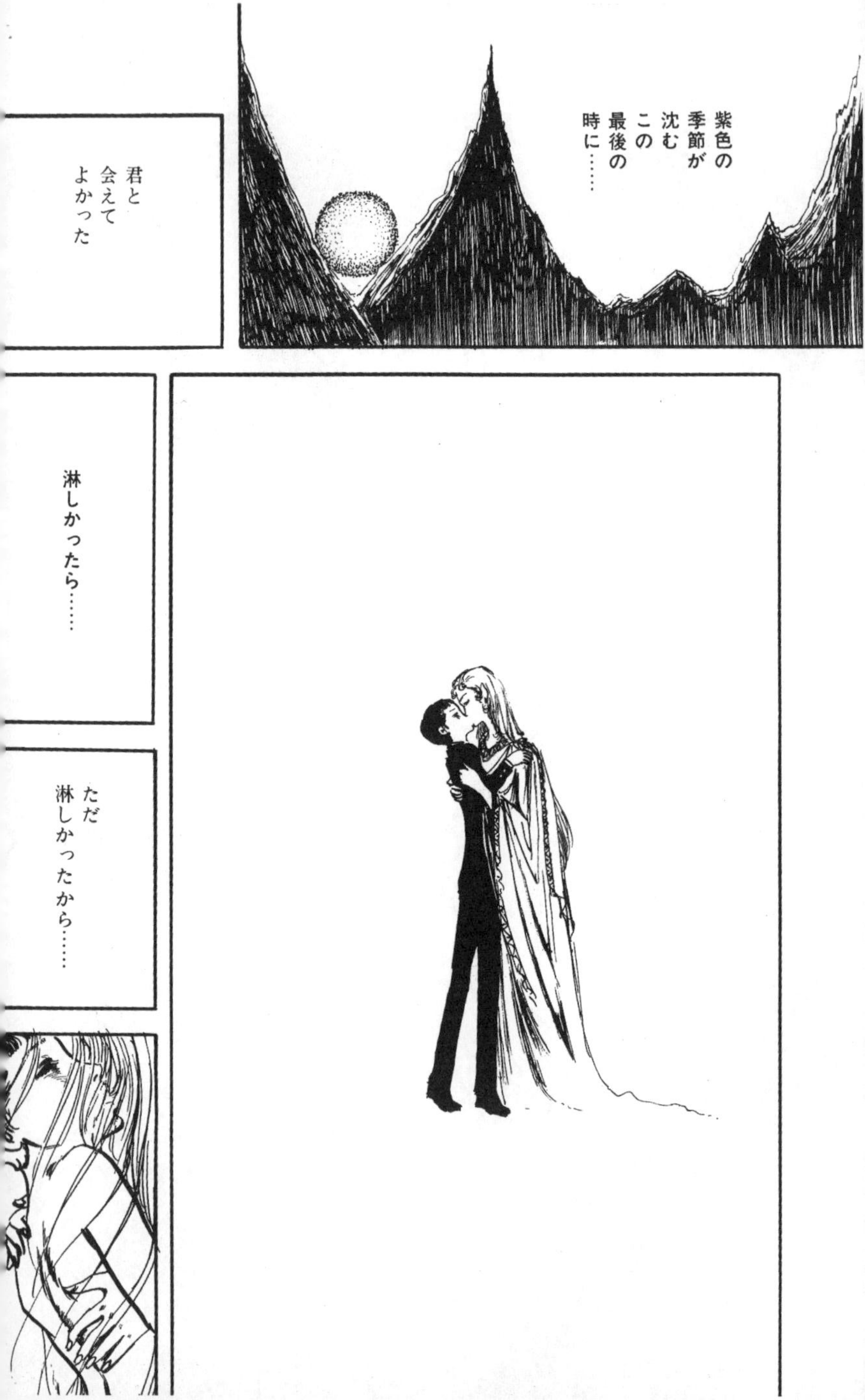
紫色の季節が沈むこの最後の時に……
君と会えてよかった
淋しかったら……
ただ淋しかったから……

ん……
あ！
カゼひくよ
兄さん

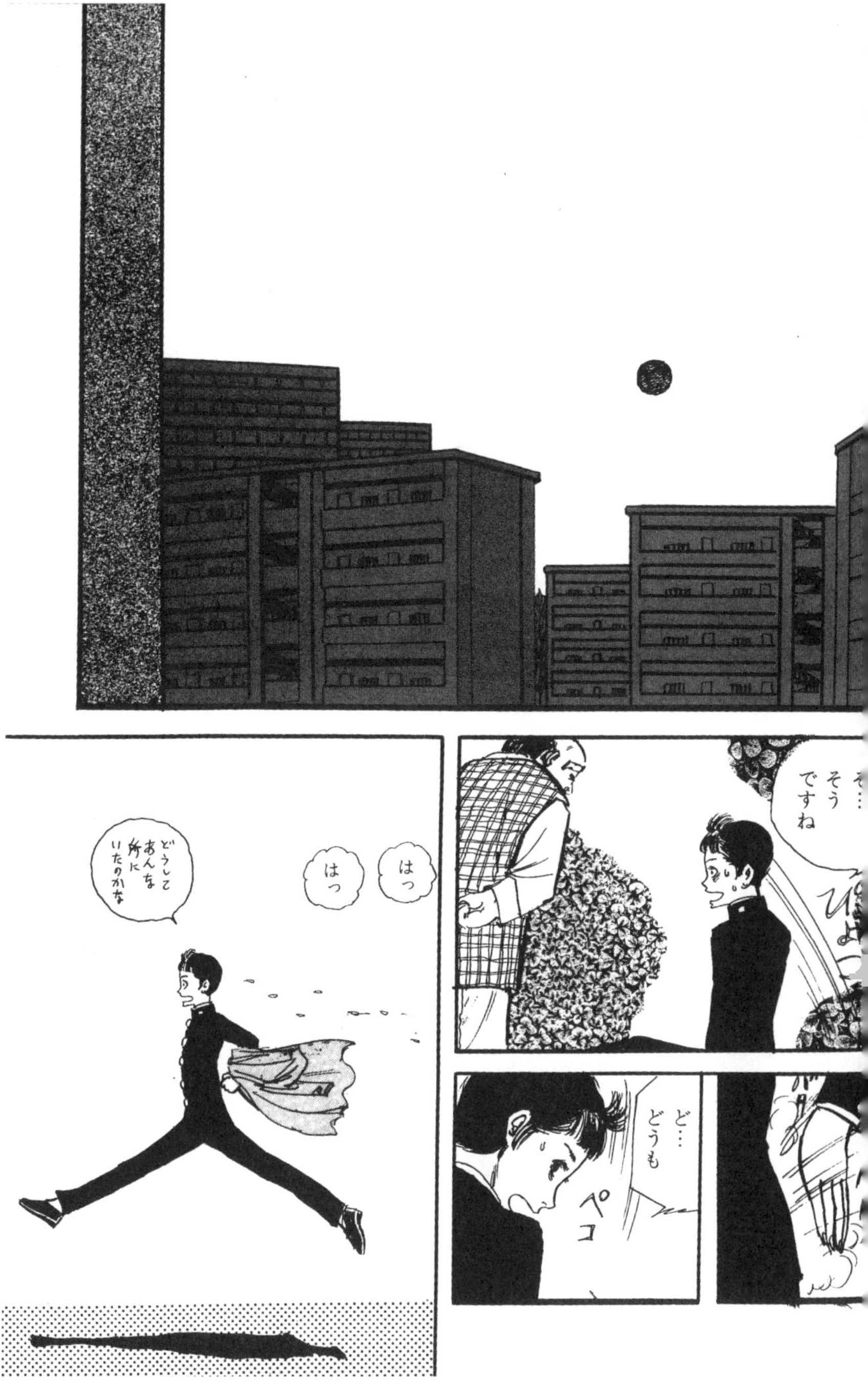
そ…そうですね
ど…どうも
ペコ
はっ
はっ
どうしてあんな所にいたのかな

五年もたっていたから……
白壁の土塀も 梅も セーヌ川も みんな無くなって…………
あの 大きな 団地に なって しまって いたんです
はっ
はっ
そうだ ここには昔 深砂紅っていう 友達が いたけど
たしか いたと 思ったけど……
はっ
はっ
はっ
はっ

美少年たちと破滅したい

日原雄一

これを書いている、令和四年の二月なかば。医局から派遣されてるK病院で、コロナ陽性者が多く出ている。わりとたくさんである。もうコロナ禍も三年目で、とっくに私も飽きている。たぶん世間も飽きている。

時間の経つのが速いというい つもの話ですが。いまだに精神科一、二年目のつもりだったんだけど。MZK病院の医局に所属して、きづいたら何年も経っていて。お世話になったC教授が昨年、ご退官されてから、外来医長のMRI先生がご開業され、医局長のG先生も、この三月でお辞めになる。精神科の新しい科長には、T大病院から立派な先生が来ていただいているのだけれど、日原さんは二君につかえるのは向かないたちだ。今年度で辞めることになって、その矢先にコレである。

昨年二月もそうだった。当時つとめていたN病院で、コロナ陽性者が九十数名発生した。謎のシンクロニティを感じて懐かしかったが、懐かしがってる場合でない。うちの患者にも陽性者がでてしまって心配だし、オミクロン株なのだろうから今のところ重症者はでていないが、オミクロンでも後遺症もあるという噂だ。その点も注意しなければならない。

そんななか。ふだんですらテレビ観ない日原さんだけど、北京オリンピックで羽生さんがやってくれたらしいじゃないですか。この素敵な現代だからスマホが勝手に教えてくれて、YouTube のNHKチャンネルとかで観れたのだけど、四回転半を見事に舞って、氷の上を踊っていた。あれが「転倒」だなんて気づかなかった。羽生結弦くんやっぱりすばらしいなあと、しみじみ観入ってしまった。ラストの笑顔もほんとうにすばらしくて何度も観返した。

観返してちゃあダメだろう。ほかにすべきことが山積してるだろうと、ひとには言われるだろうし自分でも言う。ただでさえ日原さん、体調の良くない一月、二月だ。本来なら冬眠していたいところを、MZK病院を辞めるのをひとりひとり患者さんに伝えるので、かなりたいへんな力をつかって死にかけてる。

そんなタイミングで、WOWOWでは『神木隆之介の撮休』なんてドラマも始まり。それはもう観ないといけないじゃないですか。観ればやっぱりすばらしく、力を貰えるし。

そこで自慰におよんで力をつかいはたしてしまったりする。

緊急事態宣言は、まだ、でてないけれど。蔓延防止のアレはでていて、毎日東京で一万人、二万人の陽性者と言われるなかでも、こんなにハマれるし日々オナニーできる私のダメさといったらスゴイ。自慰は辞意につながるから、という駄洒落でごまかす作戦はどうですかダメですか。

靖國神社に魔性の者も

大学病院の医局のトップが変わるというのは、まあ、政権交代のようなものである。明治維新のころの新選組でも、絶世の美少年志士に、隊士たちは翻弄されていた。司馬遼太郎の『前髪の惣三郎』は大傑作だったけれど、それを映画化した大島渚監督『御法度』もたいへんな大名作だった。とにかく松田龍平がすごすぎた。まわりのひとがどんどん、この若き日の松田龍平に魅入られて、ついには斬ったり斬られたり。また、それを納得させられるくらい、十八歳の少年志士・加納惣三郎を演る松田龍平が美しい、ものすごい綺麗な美少年なんだ。新選組につどう立派な志士たちも、うっかりよろめくだろうと思わせるぐらいおそろしい魅力を持った美少年なんである。私はよろめきっぱなしでした。そんなオム・ファタル、魔性の魅力をもつ美少年の物語が、大島渚の最後の作品だったというのも因縁である。『戦場のメリークリスマス』でも、戦時中の軍隊だってのに、負けそうな日本軍と捕らわれた捕虜のなかで、ＢＬがあちこちでくりひろげられていた。敗戦も近くピリついた空気のなかでも、ＬＯＶＥが起きるほど魔性の者もいたりするのである。たぶんそのかたがたも英霊なのだろう。靖國神社に魔性の者もいる。

母校の中学・高校は、靖國神社のすぐ裏にあって。夏の部活帰りにはみたままつりに寄るときも多くあったんですが、「みたま」の意味も同音異義的にどんどん変容する。ミーのたまのみたままつりで……あのう、うちの大叔父さんもアジアで玉砕して靖國にいるらしいし、靖國マニアはこわいからあんまりそういうこと書かないほうがいいんじゃないですか。

魔羅は楯か砲台か

三島由紀夫の「楯の会」も、まあ私設軍隊である。自衛隊での事件後、三島氏が解剖されると性行為のあとが認められたという噂があった。『薔の楯』なんて映画もありましたが、この楯は魔羅の楯なんではないか。その洒落はいくらなんでもひどくないですか。いや、魔羅はマグナムであり砲台であり、もちろん刀である。どんなこじつけだ。

魔羅は勃起して射精すれば萎むものである。楯の会のひとたちも、三島由紀夫というすさまじいカリスマ性をもった魅力的な人物に惹かれて、自決をする結末をわかっていながらついていった面もあるのではないかとおもう。三島由紀夫の文学作品はもちろん、肉声や映像も多く残っているが、先に公開された映画『三島由紀夫vs東大全共闘 50年目の真実』を観ると、なるほどこの人物にはついていきたいと思わせる部分がめちゃめちゃある。三島監督の映画『憂国』も、三島主演の切腹の映画である。もちろん『愛の処刑』も。伊藤文學企画のこの映画、まだVHSでは買えてびびった。うちにはテレビデオがあるので観れましたが、いずれDVD化してほしいところだ。

自殺は自瀆につながる。腹を切るということは、射精につながる爆発性がある。沼正三『禁じられた青春』でも、戦時中、国民学校の講堂で憧れの下級生、凛々しい宮原君を想い自慰をするシーンがあった。

マンディアルグの『城の中のイギリス人』では、英国人・モンキュのもつ城に招かれて、若くてみずみずしい肌をもつヴィオラという女性に出会う。その閉ざされた城のなかでは、ドイツ軍が侵攻しイギリスも敗北しているというのに、この英国紳士は城の中で残虐な快楽にふけるのである。もてあそばれる相手には、英国将校もいれば独逸の将軍もいたりする。そして最後には、城主の壮大な射精として、この城は爆発する。

この作品の翻訳者・澁澤龍彦いわく。主人公の名である「モンキュ」には、「臀の山」

の意味があるという。アナルセックスはタブーとされた時代性をかんじますね。

丸谷才一の『贈り物』では、戦場での兵士と、現地の女性の恋愛についての物語が描かれる。その女性が、上官に心変わりをしたあとも、それ以前に情を交わしていた兵士はあきらめきれない。旧日本軍が引き揚げていくときも、現地にひとり残るのである。平和が戻ってきていても、故郷に帰れる日が来ても、自分の人生を投げ捨てたくなるほどの魅力をもったファム・ファタルがそこにいたのである。そこが戦地であろうと、そんな人物と出会ってしまったら自分の人生を投げ捨てざるを得ないのである。

丸谷氏は作品の冒頭、「世の中でいちばん馬鹿ばかしいものは、二つあつて、一つは兵隊、もう一つは恋愛だと思ふな。だから、兵隊の恋愛といふのは、これはもう、馬鹿ばかしさの極致みたいなもんだ」と語る。もちろん、人生とは馬鹿ばかしさに支配されたものだ。

丸谷才一は男色的なものはきらいだと書いていたが、三島由紀夫とはまたべつの、ものすごいカリスマ性を持っている。丸谷氏の作品にひたっていると、「持つてゐる」って歴史的仮名遣ひのまねごとをしたくなるぐらいだ。

私を靖國に連れてって

孤高の天才・楳図かずおの新作が発表されたばかりですが。『14歳』で、地球の心臓が止まり、人類大破滅にむかう最中も、ひとびとは人工人間による「殺人プロレス」に夢中になっている。美少年・嵐とゾンビ草野との対戦で、ゾンビ草野は美少年・嵐のからだをわしづかみにし、後ろを犯そうとするときに、いつのまにか上下逆転していて、美少年・嵐が犯す側にまわっている。そういえばジャニーズの嵐も、っていう方向に話をもっていくのはいくら活動休止している最中とはいえよくないですよ。靖國マニアと同じくらい嵐ファンはスサマジイから。

嵐の活動休止前コンサートも、このコロナ禍のせいで、いくつも中止になったそうだ。緊急事態宣言も何度も出て、私もいつかかって死ぬのかなあと思っていたら、いまだに死ねず困っている。馬鹿ばかしい人生を、よりその本質に近づけるために、自分も神木くんの舞台を観に行ったりみこいすさんのイベントに行ったり。映画『妖怪大戦争』でも、「大戦争」が待ち受けるなか、麒麟童子の神木くんは美女の川姫の太もものなかで目覚め、彼女の濡れた太ももをまじまじとさわったりしていた。同じ三池崇史監督の、映画『神様の言うとおり』では、神木隆之介様がおっしゃるに、「愛することと殺すことは一緒だろ?」。

もちろんそのとおりであります。同時に、愛することと殺されることも一緒なのだ。本当は去年の八月には死んでいてよかったんだけど、死ぬタイミングがなくて生きている。

こんどこそ死ねるかと思って、パンセクシャルの私は、ファム・ファタル／オム・ファタルについていってっているのだけれど、まだ死ねずにいる今日だ。

「あっさりと恋もいのちもあきらめる江戸育ちほどかなしきはなし」。私は江戸っ子の風上にも置けない存在だ。『男色大鑑』でも、みんなあっさり斬られたり切腹したりしている。衆道とは死ぬことと見つけたり。惣八郎という小姓さんも美少年で、やっぱり殿様に切腹させられている。『前髪の惣三郎』もそんなラストである。「惣」は物心と書く。物心がついてしまうと、死ぬよりほかなくなるのか。私の名前の「雄」は、ナムナムと言うふるいトリだ。惣三郎や惣八郎を悼みながら、ぶつぶつ念仏をとなえつつ、我が腹をみる。年々脂肪がついてきて、切腹するには恥ずかしい腹である。

切腹には雪がよく似合う。きょうは大雪で、いつもよりはやく病院から帰ることができた。それでこれを書いている。そのうちに雪がやんで、マックラヤミの外をみてねむりにつく。いつもどおり五時には目がさめて、だんだん明るくなってくる。のぼってくる朝日は、まだ生きていてもいいかなあと、思えるくらいには美しい。「古来、女性は太陽であった」。そしてファルスは陽物ともいう。赤く膨らんだ亀頭はまさしく太陽である。神木くんたち、現代のオム・ファタルにして太陽神を思いうかべ、このひとたちのために燃え尽きたいと思う。折しもコロナ禍の延々とつづくなか、あのウイルスで死ぬよりかは股間の太陽で燃死したい。

ただ、そういえば『神木隆之介の撮休』が、まだ放送中なんだった。来年は神木くんの朝ドラもあるのか。立川談志がいつも語っていたように、私も未練でまだ生きている。

（トーキングヘッズ叢書No.90『ファム・ファタル／オム・ファタル』アトリエサード）

美少年推しのヤバい奴ら

日原雄一

ただ愛でたい少年たち

ずっと不思議に思っていた。ジャニーズやハロプロ、その他の事務所の稽古風景がテレビで流れるたび、なんでこんなに可愛い少年少女が苦行させられているのかずっと謎だった。この少年、少女、その人たちそれぞれ可愛く素敵な魅力があるんだから、それだけでいいじゃないか。私はこの少年たちが踊りくるうダンスより、ふだんの教室での笑顔とか、家でくつろぐ姿とか、自室でオナニーする姿が見たい。

最後だけウッカリ劣情が出ちゃいましたが。たとえば神木隆之介くんでいえば、二十四時間ずっとみていたいですよね。映画の撮影やテレビの収録場面だけでなく、私生活もすべてみていたい。ただのストーカーだなそれは。神木くんが演技の稽古に何ヶ月も費やして、とかいう話を聞いて初めて、そうかあのジャニーズとかの子たちも、見事なダンスがしたかったり、歌がうまくなりたかったりするのかもナと、ようやくきづいた日原さんだった。でも神木くんなら、歌が下手でもダンスが下手でもぜんぜんいい、むしろ下手ならなおのことよいのに、とおもう。実際はめちゃ達者なわけですけど。

たとえが神木くんだけなのはどうかとおもいますが。天才てれびくんに出てて、なにこのむちゃくそ美少年、とおもっていた瀧澤翼くんが、いまでも『円神』のリーダーとして芸能活動をつづけてくれているのはすばらしいことだ。グループの写真集やアクリルスタンドもでて、でるたびに買っちゃいますよね。この瀧澤翼くんとか、『原因は自分にある。』の小泉光咲くんとか、もちろん羽生結弦くんとか、生きててくれるだけでありがたいかたがただ。

神木隆之介を人間国宝に！

右野マコ『田舎の美少年』では、田舎に越してきた転校生が、クラスでめちゃめちゃ美少年・伊田くんを見つける。めちゃめちゃ美少年なのに、特に男女にモテてたりする様子もなく、伊田くん自身もきづいてない。クラスで一番かっこいいのは、別の昭和熱血リーダー顔の男子、という風潮だったりする。伊田くんに将来の夢をきくと、「親の後ついで漁師かなー」ってフツーに答える。転校生くんは「最低でも人間国宝」ってプランを練ってるのに。

　私は神木隆之介を早急に人間国宝に指定するべきだと思っているのだけれど、YouTubeの神木くんのチャンネル『リュウチューブ』では、はじめしゃちょーとコラボしたり、さまざまな企画に挑戦してくれている。俳優や服飾ブランドなどさまざまな活動をされている八田拳・みこいすさんも、YouTubeでは「踊ってみた」ですっごいダンスを披露したり、みこいすさんが素敵な声でみんなの悩みを癒やしてくれるメンタルクリニック動画をあげてくれている。ただ神木くんの、みこいすさんの日常生活を流してくれればそれでいいのに、手間暇かけてくれるのである。

　対して。神木くんの親友でもある、本郷奏多のチャンネルはすごい。『本郷奏多の日常』は、「日常」をテーマに、本郷奏多が普段している趣味や遊びを発信するチャンネルだという。プラモつくったりポケモンカードやったり、自分が好きなことしてるだけである。そう、本郷奏多はそれでいいのである。もちろん神木くん、羽生くんもそういうかんじの動画ばかりみたい。

　生きているだけでいい、という意味でいえば。人間国宝のほかにも、皇族のみなさまもそうだ。悠仁さま、生きて成長する姿を見せてくださるだけですばらしいのに、先日は『小笠原諸島を訪ねて』という作文で表彰されて、おことばまで述べられていた。

いわゆる「帝王学」を悠仁さまも学ばれているのだろうが、そんなものはいいから、このたぐいまれなる美少年には、旅や和歌など趣味に生きた大正天皇のようになってほしい。いや、短命であられたことについては避けてほしいのですが。須永朝彦は『美少年日本史』で、「美少年は幼な神・小さ神の末裔として見られていた」と書いた。これはまさしく、悠仁さまにあてはまることである。もちろん神木隆之介くんや、羽生結弦くんもそうだし、滝澤翼くんや小泉光咲くんやみこいすさんや……日本は神々が多い国である。

自分の美しさを知るきみは最強だ

ビーノ『女子高生のむだづかい』という、直球なタイトルのマンガがあった。JKといったら恋愛市場ではてっぺんのブランドで、きらめく青春の時期だが、そのわずかな期間をむだづかいするのである。自分たちの価値に気づかず、気づいていても利用しようとせず、のんきに遊びほうける時間は、だからこそ貴重である。

逆に、自分が可愛く美しい存在であると、自覚のある美少年は最強だ。「要くん」シリーズの要くんは、自分が蠱惑的な美少年であることを自覚してる。JKの制服着て、大勢の大人たちを誘惑して手玉にとり、「俺はただ女の格好で犯されるのがたまんねぇだけだよ」とうそぶく。

押見修造の新連載にして大傑作、『おかえりアリス』では、洋平くんと仲良かった男子の「慧ちゃん」が転校してしまう。そして、年月を経てもどってきた時には、慧ちゃんは美少女になっている。

そして慧ちゃんは。自分が美少女であることを知っていて、幼馴染の洋平くんを誘惑する。もちろん、性的に。おなじく幼馴染の美少女・結衣ちゃんにキスしたあと、洋平くんにも抱きついてキスして、「たった?」ってわらう。そして翌日学校で、「思い出してオナニーした?」って耳元で訊いて、顔を真っ赤にする洋平くんに、慧ちゃん、「僕はしたよ」と。めっちゃエロくてビビりますね。

月子『トコナツ』の宮沢くんは、さいしょはカチューシャつけさせられて、「男がこんなのつけててキモいだろ?」とか不機嫌そうにしてたのに。いつのまにか仲良しの増出くんに、「俺で勃起してんじゃねーよ」とか言い出して、自分の可愛さに自覚しだしてきて最高だった。びみ太『田舎に帰るとやけになついた褐色ポニテショタがいる』の褐色ポニテショタ・圭くんもすごい。いや、色白ショタも好きだけど、日焼けしたショタだってなかなかいい感じなのに、そのうえポニーテールなのである。しかもへいきで丸ハダカになり、一緒にお風呂に入ってくる。むぼうびに膝に乗ってきて、頭をなでられると、満足そうに微笑む。この褐色ポニテショタ、可愛さの攻撃力がすごすぎるんである。

ももせしゅうへい『向井くんはすごい！』の主人公・ゲイの向井ゆうきくんは、陽キャなイケメンで、スポーツもできて成績優秀で、自分が「すごい」ことを知っている。明るくて快活で何でもソツなくこなせて、確かにすごい。どこかひとつでも、自分も見習いたいとおもいますね。

そんな向井くんだから。セクシャルマイノリティに関する勉強会でも、スタアにまつりあげられる。「すごい」向井くんをインタビューして、全校生徒の前でスピーチすることになる。のだけれど。物語が進むにつれ、すごいだけの向井くんだけでないこともわかってしまう。バスケ部の更衣室で、部員たちの着替えを盗撮していたり。「ノンケ盗撮」ってアカウントの主で、その写真もフツーにSNSに投稿しちゃうから、向井くんは度胸もすごい。

何度でも、神木隆之介に殺されたい

いつかの旅番組で。神木くんは、「僕はどこでも嫌われないのでー」と話していた、ような気がする。完全に記憶だけで書いてますが、神木隆之介ならそんなこと言っても許されるのである。このひとは自分のこともわかったマジで小悪魔な神だ完璧かよ、と膝を打ちました。映画『妖怪大戦争』では、ヒーローの麒麟童子だった神木くんは、十七年後

『妖怪大戦争ガーディアンズ』で、日本を壊す妖怪の黒幕になってる。数シーンしかでてないのに、迫力とインパクトとカッコよさがものすごいんだ。映画『神様の言うとおり』でも、容赦なく暴力をふるい同級生を殺してく、ワルな神木くんの色気がスゴイ。ダークキャラ演る神木くん、ホント魔性すぎて最高なんだ。

高橋睦郎の『悪い夏』には、こんな一節がある。「そうだ殺すことが必要なのだ／殺すという行為だけが倦怠しきった／ぼくらを美しい恋人たちにするのだ」。神木隆之介に殺されたい、と私はこれまで何度も書いたが、「寄せては返す波の音」で今回も書く。何度でも何百ぺんも、神木隆之介に殺されたい。

佐伯順子『美少年尽くし』によると、男色は生活維持型よりも破滅型に走る、とある。折しも新型コロナ禍のさなかである。TOKYOオリンピックという陽キャの祭典は終わった。さあ、私たちの祭りをはじめよう！と、勇ましく拳をふりあげてみても、さいきんおもしろいことはなにもない。リュウチューブの更新も、あんまりなくなってしまったし。ツイッターでハッシュタグ「美男美女さんと繋がりたい」、「裏垢男子」とかで検索してみるくらいである。数多の少年少女たちが、自撮りしてすがたを見せてくれていて、疲れた身にはちょうどいい。なかには、局部まで無修正の自身をあげている御仁までいる。くたびれて寝床にいながらでも、こういうことに触れられるのだから、素敵な世の中だなあとおもう。

山崎俊夫の『夕化粧』では、「うつくしいものの早く廃れ、愛せらるるものの早く亡ぶる」という。しなやかな少年たちは、「そういう素性のものは、みんな若いうちに死んでしまうのがおきまりなんだとさ」とうそぶく。このツイッターの少年少女たちも、そのような運命かとおもうと切ない。須永朝彦は山崎俊夫の小説について、「江戸情緒を思わせるもので、ウエットな感覚に支えられています」と評している。

須永朝彦も、小沢信男も、坪内祐三もいないこの地上だ。須永先生には不躾ながら、この『トーキングヘッズ叢書』をお送りしたことがあった。楽しく読んでくださったとうかがい、たいへん恐縮だったのだけれど。須永先生には、今回の特集のトーキングヘッズ叢書はぜひお渡ししたかったと、しみじみおもいかえしている。

台風のせいで雨続きで、八月なのにだいぶすずしい。どちらかというと肌寒いくらいで、動く気もあまりおこらない。晴れた日は隣の中学校から、部活の青春の声がきこえてくるのだけれど、この雨ではもちろんそれもない。小人閑居して不善を為すというから、私も為したい気分である。あの学校のなかにも、ツイッターで素敵な写真をあげてくれている生徒がいるのか、いたらいいなあとおもう。いなかったらこっちが更衣室に盗撮にとか、そんなところは向井くんの真似しなくていいんだ。

（トーキングヘッズ叢書No.93『美と恋の位相』アトリエサード）

ショタランド建設への道

日原雄一

私の夢はショタランドをつくることである。というかもうだいぶ出来ているのです。こうして書いている横にも、美少年のリヨトくんが居てくれている。たまに前髪がみだれているので、なおしてあげるのだけれど、細いやわらかい黒髪にふれるそのときは至福の時間である。リヨトくんのとなりには本やらDVDやらが積み上がっていて、たまにこれが崩れて下敷きになる。このときにもたすけださねばならない。リヨトくんは人形なので、自分では埋まったままになってしまうのだ。こういうときのために自衛隊がいるのだが、コウペンちゃんとアザラシのゴマちゃんのぬいぐるみがメンバーの自衛隊なので、ぜんぜん役にたたないのだ。今回ちょっと飛ばしすぎな気がするけどだいじょうぶですか。なに、いつもこんなかんじなのでいいのです。

少年の命は夏の一日であると、稲垣足穂は『少年愛の美学』で書いた。須永朝彦は「お小姓の命は長くて三年」という言葉を紹介している。

果たしてそうか。羽化したあとのセミは一、二週間で死ぬと言われていたが、高校三年生の植松蒼くんが、三十二日くらいは少なくとも生きたセミがいたと証明してくれた。二〇一九年のことだ。いまは高知大学にいて、さらに研究をすすめているらしい。その植松くんも、けっこうなイケメンになっていてビックリなのです。

すくなくとも、リヨトくんの美は一日ではない。人形のリヨトくんは、いつでもかわいく私のパソコンのとなりにすわってくれている。もしそれが美しくないようになってしまったとしたら、それは見る側の私の目が死んだだけの話です。そして私は乱視だから、すでにかなりみだれている。

そこに少年の美は永遠に残る

藤子不二雄Aの『水中花』では、美しい女性の同僚とつきあい、その美を永遠にたもつ手段として、その女性を水中花のようにとじこめる。製作者いわく、「キレイだ！　望月さん……どの水中花よりもずーっとずーっとキレイだ」。

もちろん、それを実際の少年にしたら犯罪である。というか、西洋の価値観が入り込んできた明治以降、少年愛は禁忌的なものとしてとりあつかわれてきた。かつては井原西鶴の『男色大鑑』、曲亭馬琴の『近世説美少年録』といった名作もあった日本であるにもかかわらずである。私は祖父の代からの東京っ子だから、徳川家寄りで維新は好かない。まだ新撰組のほうが好きだ。新撰組の話から司馬遼太郎『前髪の惣三郎』、映画『御法度』のほうに流れていくのはよしたほうがいいですか。でもあの映画の松田龍平がスゴイんだ。そう、映像、画像も、少年の美をだいじに保存する手段として有効である。そこに少年の美は永遠に残る。神木隆之介くんの映画『妖怪大戦争』、写真集『ぼくのぼうけん』、何度観返したことか。もちろんそれ以降の『SPEC』、映画『神様の言うとおり』もすばらしいのですが、二冊目の写真集がでるのはその時期からさらに五、六年あと、最初の写真集からは十年以上たってしまうのだが、ぜひ二〇一〇年前後の写真集も出してほしいところであります。できれば裏の写真集も。

私が棄てたポルノと理性

話はどんどんアヴァンギャルドに、っていうか非合法的になりますが。なに、いまの明治以降の、欧米化された法律がまちがっているだけで、かつては美少年のいる陰間茶屋のみならず、ぐっと時代が下がってショタビデオ、ロリータビデオも合法だったのです。あの「児童ポルノに係る行為等の処罰及び児童の保護等に関する法律」ができるまでは。昭和三十三年三月三十一日を、「売春防止法」によって吉原遊郭がなくなった日としてふるい落語家は語り継いでいるが、私は平成二十七年七月十五日のことをいつまでも話したい。児童ポルノの製作は平成十一年に既に規制されていたのに、「単純保持」すら違法とされた日である。持ってるのだけでも違法とされ、その日までにすべての保持している児童ポルノは破棄するよう命じられた。私も泣く泣くぜんぶ捨てた。

過去は合法とされ、雑誌・ビデオなどの媒体で一般販売されていた児童ポルノの存在自体と違法なり廃棄されるということは、過去にどのような児童ポルノがつくられ存在したかすらわからなくなるということだ。すなわち過去の文化の破壊、焚書と同義である。もちろんこの表現規制は、安倍政権時代である。集団自衛権・安保関連法の成立、新型コロナウイルス対策の大失敗とならび、安倍ちゃんのなした超愚策といっても過言ではある。

ギリギリ理性をとりもどしました。もちろん過言なのですが、唐沢俊一の『トンデモ美少年の世界』では、そんな過去の出版物、「S出版」の『少年期』という写真集について紹介している。東郷健の雑誌『ザ・ゲイ』では、沼正三が「ぼくは今まで何人もの少年のチンポコをしゃぶったかわかんないよ」と話していたり、『ザ・高校生』、『少年美・優』という写真集の広告も載っている。こうしたもののロリータバージョン、ロリータビデオの第一作・『あゆみ12歳・小さな誘惑』に青山正明が出ているのは有名な話である。

そう、この単純保持規制によって、青山正明のかかわった白夜書房の雑誌『Hey! Buddy』も現実で読むことはかなわなくなってしまった。まあけっこうヤフオクとかで出てますが。『危ない一号』の『青山正明全仕事』では、タイで少女と一夜をともにした話もでてくる。

けれど大快挙としてあげられるのは、平成十八年の沢渡朔『完全版アリス』刊行ですね。河出書房新社、復刊ドットコム、よくやってくれたものだとおもう。種村季弘や瀧口修造も賛美した写真集『少女アリス』、『海から来た少女』の復刊。芸術だからOKなのである。『少年期』の復刊もしてもらえないものかしらん。大正期の山崎俊夫、岩田準一の少年愛作品もちゃんと作品集が出て復刻されているのに。

べつにそうしたものにこだわらずとも。十八歳を過ぎた合法ショタ、合法ロリータが活躍してくれている、じつにアヴァンギャルドな現代日本である。神木隆之介くんも羽生結弦くんも、公式YouTubeチャンネルで魅力を発信してくれるすばらしい世の中である。

素敵な華麗な合法ショタ

コロナ禍も三年目だ。みんな我慢できなくなって、大きなイベントもやるようになった。

ほんとうにいいかげんにしてほしいから、みんな快楽主義、刹那的になったステキな世の中である。私も新宿末広亭、浅草木馬亭にあしを運んでいる。新宿末広亭は経営危機だというから、コロナにかまっていられないのである。私が初めて自分から寄席に行ったのは、末広亭の六代目柳家小さん襲名披露だ。そのすこし前に、新宿紀伊國屋ホール『芸談大会』で初めて、めちゃめちゃ面白い落語を聴いた。立川談志、山藤章二、吉川潮、立川志らくがでて、志らくが「茶の湯」をやった。あのころの志らく師匠はほんとうにおもしろかった。四人の座談会のあとで、談志家元はさいごに「ロシアンルーレット」などのジョークをやってくれた。美女がズラリならんでいて、ひとりずつ指名していくと、その美女が口でしてくれる。ただし、そのなかのひとりは人食い人種で、というアレだ。

北杜夫は躁病期の昭和五十七年、『新潮45』十二月号に、『世も末の私の好奇心日記』という、「美少年を求めての大冒険」、新宿二丁目探訪エッセイを書いている。「私はプラトンの『饗宴』から、太陽の生れは汚らわしい女なんぞ愛さず、けだかいギリシャの少年愛をなすべきだという徒党を作って、ゾンネン・パルタイ（太陽党）などと得意になり、自らも一人の下級生を愛したものである」、「私は美青年となると、もう嫌であるが、美少年なら好きである」と述べ、二丁目のウリセンバーのような店で美少年にキスをしたり、ハッテンバ的なところにも行く。私は北杜夫の大ファンだけれど、惜しいことにこのエッセイは、たぶん単行本化されてない。

現代の二丁目は。一時期はコロナで新宿から人が絶えていたが、コロナ禍も三年目。そうした店のHPをみると、美少年がズラリ並んでいる。思わず行きたくなるくらいである。やっぱり合法ショタのすばらしさが。

東京都などに、青少年の条例もある。BLマンガも摘発されてはいる。が、ショタコンに少年が惚れる闇BL・はらだ『にいちゃん』や、あの名作『風と木の詩』も、まさに、愛をもとめる少年娼婦・ジルベールを描いて美しすぎる作品だった。さいきんは『おっさんずラブ』、『ちぇりまほ』ドラマは大人気でしたね。『腐女子、うっかりゲイに告る。』というNHK夜ドラもあった。「BL」、少年愛が浸透し拡散している現状は、実にアヴァンギャルドでステキである。私も書きながらだいぶ酔っぱらってきたので、新宿にアヴァンギャルドしにいきたいですね。そして果たして新型コロナ、オミクロンBA.5とかで死ぬのである。二代目廣澤虎造の清水次郎長伝、『石松代参』に「仮に親分、惚れた女のために鼻が落ちたと思いねえ」というフレーズがある。可愛い少年のために命を落としても、むしろ名誉なことだとおもいたい。

（トーキングヘッズ叢書No.92『アヴァンギャルド狂詩曲』アトリエサード）

収録作品解説のようなもの

日原雄一

玉石混合、なのかもしれない。なにしろ、いくつも私自身の文章を入れてしまっている。自己愛が過ぎる。

まあそれでも、私なりに一生懸命書いたものなので、許してほしいところなのです。著名な大作家の作品もあれば、ちょっとした縁をたよりに、嬉しくもご寄稿いただいた作品もある。でも私からすれば、すべてが宝石のようにかがやいて見える。そんな宝石箱のような本をつくったつもりです。

八田拳（みこいす）『みこい暮らし』

二〇二〇年に発表されたこの写真集。ＰＤＦファイルとして販売されているのを、モノクロではあるけれど、印刷したかたちで手にとれるのは本当にうれしい。

当時だったら、八田さんは二十二、三歳ごろか。二十二歳にしてもこの姿。これこそ「合法ショタ」という。めちゃめちゃかわいらしくて愛おしい八田さんの生活が映されている。撮影されたイトさんの力量もさることながら、被写体たる八田拳さんの凛々しさ、ともすればふっと消えそうな可愛さたるや。八田さんは声も、ほんわかとして人を癒すばらしい話しかたをされるので、YouTubeなどのトークの動画も観てほしいところであります。

八田拳（みこいす）インタビュー『美しい彼』が伝えたい思い」

以前から推しだった八田拳さんに、『トーキングヘッズ叢書』でインタビューさせてもらったもの。八田さんの事務所がある自由が丘の、和食の個室ぽい料亭で、資料のメモをひっくりかえしながら、私は緊張してるからやたらハイボール飲んでましたね。

私も初めて行くところだから、八田拳さんと一緒にスマホの地図みながら行った記憶があります。推しの美少年とすごせる二時間ちょい。本当に本当にありがたい時間でありました。

「みんなの愚痴、聴かせて！！！！！」／「みこいす生誕祭」レビュー（日原雄一）

先の『トーキングヘッズ叢書』のレビュー欄に書かせていただいた、八田拳さんに関するもの二題。もっとみこいすさんの魅力を伝えられたら、とおもうのですが、書き手が私なのでしょうがない。自分の限界は自分でもあるていど承知しております。

その八田さん。俳優としてメインキャスト級で、槐多が現代によみがえるという映画『血だるま槐多よ』にでた。佐藤寿保監督で昨年末から公開、いやあ、すごかったですね。作品自体のカルト的な魅力もさることながら、どうしても目は推しのほうに行ってしまうという。はやくBD化がのぞまれるところであります。村山槐多といったら『悪魔の舌』だが、これも少年愛的に重要な作品だけれど、また、後日。

須永朝彦『須永朝彦名歌撰』

ほんとうに恐縮ですが、BL・少年愛のアンソロジーなのだから、須永朝彦先生の作品・うたも入れるべきではないかとお話があった。なるほどそれはそのとおりだとおもう。けれどもやはり恐縮である。須永先生の晩年、もう長野におられたころ、自作本を送りつけてから、ちょくちょくお手紙やメールをいただくようになった。本当にありがたいことだ。私が神木隆之介が好きだとほうぼうで書いているので、古書店で神木くんの記事の切り抜きが売っていたからと、お送りくださったこともあった。ほんとうにありがたく頂戴した。須永先生は染谷将太や福士蒼汰も、お好みのご様子で、両者と神木くんの出ている映画『神様の言うとおり』BDをお送りしたことがあった。こちらも映画『シコふんじゃった』やらあれこれいただいていたので、貰うばかりでは申し訳ないと思ったのだが、いま考えれば蛮勇が過ぎる。

須永先生ご自身の著書もずいぶんいただいたが、こちらもファンなのでだいぶ持っていて、『須永朝彦歌集』（西澤書店）もそうした話があった。とうぜん持っている、これこれこの作品が好きだとお返事したら、そのうたを色紙に書いて送ってくださった。もちろんだいじにかざってある。

そのなかから、少年や愛についての作品をいくつかえらばせていただいた。これは素敵だろう、いいだろうとおもって選んだだが、須永先生は不本意かもしれない。ふかく頭をたれるほかない。

日原雄一『冬猫』

ハイ、私の妄想小説です。すみません。

ネコ、というとＢＬ業界ではべつの意味もあるが、単純に猫ちゃんかわいいですよね。安易にこういうこと言うと犬派と猫派の戦争が勃発するかもしれないが、私はどっちも好きなので。

私は自分でタチのほうだとおもっているが、恋人が「ウンチ出そうなかんじがして、やだ」って挿れさせてくれない。したがって、バニラセックスしかしたことがないのである。その恋人も、ふざけて「ぶち込んでやんよ」とか言いだすから、ますますもってわからなくなる。そんなにセキララな話しなくていいんだ。

雨依はると『あいつはアイドル』

数年前につくった合同誌『もう来ない冬に』に描いてもらったマンガ作品。特集が「みんなの可愛い男の子」なので、副題もそうなっている。身内褒めになるが、思春期の少年たちの感情の揺れ動きをえがいた佳作だとおもう。話はかわるが、私も作者も未練がましい性格である。

日原雄一『寝床にくる妄想少年のこと』

ハイ、ただの妄想です。ゴメンナサイ。

日原雄一『妄想で美少年を裸に！』

『トーキングヘッズ叢書』の特集、『NAKED』で書かせていただいたエッセイ。いつもこの雑誌では好きなように書かせていただいている。本当にありがたいことだとおもう。今回も、特集を言い訳にBLやらつかこうへいやら。『熱海』の紀伊國屋ホールでの舞台は定期的にやってるから観にいきたいんだけれど、タイミングをいつものがしてしまっている。

雨依はると『美少年のキズアト』

作者が病気療養中なので、かわりに二〇二〇年代のイラスト作品を中心に、あれこれちりばめてみた。冬眠の会からイラスト集『美少年のキズアト』を私が編集してだしたはずで、PDFデータがあるはずなのだけれど、山本夏彦の言うとおりだ、「私がさがせばかならずない」。この言葉、何十ぺん引用したかわからない。

まあ、『未完成のキズアト』のころより新しい作品も入れられたから、それでよしとしたいところだ。

日原雄一『北杜夫「世も末の私の好奇心日記」をめぐって』

　これを書いている段階で、北杜夫先生の著作権者の奥様から許諾がとれるか、つまりは収録できるか決まってない。めっちゃドキドキである。と書いていたら許諾がとれなくて、かわりにこんなものを草した。ソウ病期だなあ、というのが如実にあらわれたエッセイで、同じ『新潮45』で後年に連載した『マンボウ最後のむざんなバクチ行者』もながらく単行本化されていなかったが、ほぼ晩年に『マンボウ最後の大バクチ』として単行本化されている。このエッセイも収録できれば、ファンや研究者にとって貴重な資料となるとおもったのだが、できるだけ引用文を多くしたら、さすがに多すぎるとご指摘をいただいて、こんなものにナリマシタ。

　内容はもちろん面白くて、さすが北杜夫である。原題は『ゲイ・ボーイ探訪記――清純作家、狂乱す――』らしい。古書店で生原稿が売りに出ているのを見つけて、もちろんそれなりの値段だったが、おもわず買ってしまったくだりはそっちで書きましたか。北杜夫はよく自分で、株のために生原稿を売った話を書いていて、ボールペンでなく万年筆で書いた昔の原稿のほうが高く売れたという。この原稿はボールペンだったから、ヘボ医者の私でも手に入れることができた。神保町の玉英堂書店から買ったから、まずニセモノではないだろうとおもってる。ちなみに、私が精神科医になったのは、もちろん北杜夫の影響である。だから北杜夫先生とよばなければいけないのだけれど、本名の斎藤宗吉先生とどっちがいいのか迷っている。医者になって、ネットの論文検索ができるようになってまず最初にしたことは、斎藤宗吉の論文検索であった。

元ウリセン男子・水嶋はやとインタビュー

ウリセンをやってたひとにインタビューしてみました。売春は現代日本では、いわゆる犯罪とされている。その法律の穴をくぐりぬけてソープランドやデリヘル、ウリセンやらがある。この子自身は、学業資金目的のほか、同じ価値観の人との出会いを求めてこの職に就いていたという。三木鶏郎の『選挙くせものこわいもの』にもある。あそこへ行くのはお軽じゃないか、わたしゃ売られてゆくわいな、娘の身売りは可哀そと、涙を流すにゃおよばない。我と我が身を売る人は、他にもたくさんいるじゃげな。選挙くせものこわいもの。グラビアアイドルみたいなポスターで、NHKの例の党から選挙にでたかたもおりましたね。

この子がホントめっちゃかわいくて、写真もこんな画質じゃなく、この子の別名義で写真集ページも打診したんだけれど、「恥ずかしいー」って。素顔をみんなにみせたいとこ

ろなのですが、こんなポーズ写真でご勘弁ください、

村祖俊一『魔界の美鬼』

八〇年代エロ劇画界の鬼才・村祖俊一先生の、当時発表されたBL作品である。みのり書房の月刊OUT別冊『阿蘭』に、昭和五十六年四月に発表された。この素敵さといったら。北杜夫の抒情BLの名作、『みずうみ』に匹敵する素晴らしさだ。『みずうみ』は世に多くでているので収録は断念したが、この『魔界の美鬼』はあまり目にしない。この作品を収録できて、私は本当にしあわせである。

日原雄一『美少年たちと破滅したい』／『美少年推しのヤバい奴ら』／『ショタランド建設への道』

それぞれ、『トーキングヘッズ叢書』の特集に沿うふりをして書いたものだ。ショタランドの建設は待たれるところではあるが、なかなかその道はけわしそうである。

本書の制作に当たっては、幻戯書房の田尻勉様に本当に本当にお世話になりました。前著『死にたさの虫が鳴いている』とともに、大変にご薫陶を受け、ありがたいご縁をいた

だいたものだと人生の妙味をかんじています。前著を出したあとは、須永朝彦先生も小沢信男先生も坪内祐三先生もいないこの世界に、生きつづけようとおもっちゃいなかったんですけどね。作品の採録をゆるしてくださった先生がたにも、あらためて御礼申し上げます。そのほか、本書にたずさわってくださったあらゆるかたがたに、いっぱいの感謝をささげます。

二〇二四年四月七日　編者しるす

執筆者プロフィール

八田拳（はった・けん）
1997年 8月 26日、北海道生まれ。第28回ジュノンスーパーボーイコンテストでBEST50に選出。YouTube等にて得意の振付や洋裁を生かした「みこいす」としての活動を経て、映画『火だるま槐多よ』、『ほんとにあった怖い話』などに出演。今後も出演作品を控えている。アイドルなどに衣装提供なども行ない、自身のブランド『shabondama』も主宰。

イト（いと）
1993年生まれ，静岡県出身。ストリートスナップをきっかけにカメラを始め、現在はアイドルやタレント、ファッションのスチールをメインに動画制作も手がける東京在住のカメラマン。被写体の魅力を120%引き出すことを常に考え現実よりさらに美しく残すことをモットーに活動しております。

須永朝彦（すなが・あさひこ）
1946年、足利市生まれ。塚本邦雄の影響を強く受け、歌人として出発するが、1970年代には耽美的で幻想的な小説の数々を発表する。稲垣足穂、佐藤春夫、澁澤龍彦らに触発されたというその作品は、どれも深い知識と美意識に裏打ちされ、多くの幻想文学ファンをうならせた。また歌舞伎にも深い造詣をもち、坂東玉三郎主演台本も手掛けた。1990年代以降は『鏡花コレクション』Ⅰ～Ⅲ、『江戸奇談怪談集』などのアンソロジーを多く編んでいる。『就眠儀式』『天使』などの小説集、『美少年日本史』『歌舞伎ワンダーランド』などの評論集、『須永朝彦歌集』『須永朝彦小説全集』などがある。2021年5月逝去。

雨依はると（うより・はると）
1991年2月9日栃木生まれ。

村祖俊一（むらそ・しゅんいち）
1945年2月、東京都新宿区生まれ。1968年、如月次郎名義の『サブと青い神殿』（曙出版）デビュー。如月次郎、鳴神俊、光野果南などのペンネームで活躍し、『週刊少年ジャンプ』、『少年画報』、『ビッグコミック』といった雑誌に作品を発表する。1980年代には成年向け劇画誌で、主に村祖俊一のペンネームで傑作を多く執筆。代表作に『娼婦マリー』、『闇をめくる少女』、『妖精伝説・めまいの闇』などがある。

編者

日原雄一（ひはら・ゆういち）

1989年6月東京生まれ。暁星高校および帝京大学医学部卒業後、帝京大学医学部附属溝口病院で初期研修ののち溝口病院精神科に入局。自殺予防のスペシャリスト張賢徳先生のもとで学ぶ。日本総合病院精神医学会で「精神科初診患者の自己診断に関する検討」を発表。精神科初診患者が話す自己診断はおおむね正しいことを述べた。2022年4月からは東横惠愛病院に勤務。2010年「落語協会落語台本コンテスト」に「兄さんのケータイ」（三遊亭白鳥・演）で優秀賞、その他受賞歴多数。2011年より「トーキングヘッズ叢書」に「うろんな少年たち」「私が愛したマジキチ少年アラカルト」「生き延びるための逃走術　世界から、自分から」などといった漫文を書く。著書に『落語は生に限る！　偏愛的落語会鑑賞録』（彩流社）、『生き延びるための逃走術　腐男子精神科医の妄想メンタル科』（三一書房）、『腐男子精神科医の人生ウラ道ガイド』（彩流社）、『死にたさの虫が鳴いている』（幻戯書房）などがある。

少年愛宣言《しょうねんあいせんげん》
――令和《れいわ》にかがやく天使《てんし》たち

二〇二四年六月二十五日　第一刷発行

編者　日原雄一
発行者　田尻　勉
発行所　幻戯書房
〒一〇一―〇〇五二
東京都千代田区神田小川町三―一二
岩崎ビル二階
TEL　〇三（五二八三）三九三四
FAX　〇三（五二八三）三九三五
URL　http://www.genki-shobou.co.jp/

印刷・製本　中央精版印刷

ISBN978-4-86488-300-9　C0095

妄想私小説 死にたさの虫が鳴いている　日原雄一

ある精神科医の、少年時代からのインモラルな心の軌跡を辿る、妄想を織り交ぜた物語。私立名門男子校から医学部へ。医師国家試験に合格し、研修医を経て、美少年患者と出会う。希死念慮は免罪符となるのか。〈溝口病院の当直室から、駅の線路が見える。ガタンガタンと通る列車が見える。ガタンガタンと、死にたさが鳴る〉　2,400円

ハネギウス一世の生活と意見　中井英夫

異次元界からの便りを思わせる“譚”は、いま地上に乏しい―乱歩、横溝から三島由紀夫、椿實、倉橋由美子、そして小松左京、竹本健治らへと流れをたどり、日本幻想文学史に通底する“博物学的精神”を見出す。『虚無への供物』から半世紀を経て黒鳥座XIの彼方より甦った、全集未収録の随筆・評論集。　4,000円

雑魚のととまじり　花咲一男

大正生まれの東京少年は、探偵小説のマニアとなり、古本屋を巡るうち、男色物を含む春画など軟派文献の蒐集、研究に没頭、ついにはワイセツ図画頒布罪で逮捕される……。関東大震災からバブル崩壊までを生き抜いた、近世風俗研究の巨頭による記録。師事した江戸川乱歩、協働した高橋鉄らの知られざる事実を記した私家版を新編集。　4,000円

みんなみんな逝ってしまった、けれど文学は死なない。坪内祐三

あの彼らの姿を、私たちは忘れていけない。「今を生きる文学者の使命」とは何か――「文壇おくりびと」を自任し、つねに「文学のリアル」を追い求めた評論家が書き継いできた、追悼と論考、文芸誌を中心とした雑誌ジャーナリズムへのオマージュ。急逝した著者の晩年の文業を集成した追悼出版。　2,800円

恋の霊　ある気質の描写　トマス・ハーディ　南協子＝訳

斬新な構成、独特な心理描写で、彫刻家である主人公の、三代にわたる女性への愛情が赤裸に描かれる――唯美主義、ダーウィニズムの思想を取り込み、〈性愛と芸術〉の関係を探究し続けた英国ヴィクトリア朝の詩人・小説家トマス・ハーディが最後に著したロマンス・ファンタジー。**ルリユール叢書**　3,200円

フェリシア、私の愚行録　ネルシア　福井寧＝訳

「私をこんな馬鹿な女にした神々が悪いのです」――好事家泣かせの放蕩三昧。1775年に匿名出版されるも一時は禁書扱いを受け、スタンダールやアポリネールといった一部の文人たちに根強い愛好家を持った長篇小説。フランス文学史における「リベルタン小説」の伝統と、それを代表する〈反恋愛〉小説の醍醐味。**ルリユール叢書**　3,600円